蒋勋 著

蒋勋说唐诗

从杜甫到李商隐

下

蒋勋指定授权
青少名画版

蒋勋说唐诗 下

从 杜 甫 到 李 商 隐

目录

自 序
坐看云起与大江东去 1
——从品味唐诗到感觉宋词

第一章 杜甫

千秋万岁名，寂寞身后事　002
社会意识的觉醒　006
记录时代的悲剧　009
安得广厦千万间，大庇天下寒士俱欢颜！　017
人世间不可解的忧愁　022
离乱与还乡　025
晚年悲叹　031

第二章　白居易

惟歌生民病，愿得天子知　036
对生命的丰富关怀　048
《长恨歌》——本事　052
《长恨歌》——梦寻　062
《琵琶行》——音乐　067
《琵琶行》——深情　075

第三章 李商隐

唯美的回忆 080
幻灭与眷恋的纠缠 082
繁华的沉淀 086
抽象与象征 089
深知身在情长在 091
更持红烛赏残花 096
人间重晚晴 099
此情可待成追忆 101
世界微尘里,吾宁爱与憎 106
生命的荒凉本质 108

寻找知己的孤独 112
典型的情诗 115
心有灵犀一点通 119
泪与啼 122
晚唐的生命情调 127
最深的情感 134

附录 136

自序

坐看云起与大江东去

——从品味唐诗到感觉宋词

我喜欢诗,喜欢读诗、写诗。

少年的时候,有诗句陪伴,好像可以一个人躲起来,在河边、堤防上、树林里、一个小角落,不理会外面世界轰轰烈烈发生什么事。少年的时候,也可以背包里带一册诗,或者,即使没有诗集,就是一本手抄笔记,有脑子里可以背诵记忆的一些诗句,也足够用,可以一路念着,唱着,一个人独自行走去了天涯海角。

有诗就够了,年轻的时候常常这么想。

有诗就够了,行囊里有诗,口中有诗,心里面有诗,仿佛就可以四处流浪,跟自己说:"今宵酒醒何处?"很狂放,也很寂寞。

少年的时候，相信可以在世界各处流浪，相信可以在任何陌生的地方醒来，大梦醒来，或是大哭醒来，满天都是繁星，可以和一千年前流浪的诗人一样，醒来时随口念一句："今宵酒醒何处？"

无论大梦或大哭，仿佛只要还能在诗句里醒来，生命就有了意义。很奇怪的想法，但是想法不奇怪，很难喜欢诗。

在为鄙俗的事吵架的时候，大概是离诗最远的时候。

少年时候，有过一些一起读诗写诗的朋友，现在也还记得名字，也还记得那些青涩的面容，笑得很腼腆。读自己的诗或读别人的诗，都有一点悸动，像是害羞，也像是狂妄。

日久想起那些青涩腼腆的声音，后来都星散各地，也都无音讯，心里有惆怅唏嘘，不知道他们流浪途中，是否还会在大梦或大哭中醒来，还会又狂放又寂寞地跟自己说："今宵酒醒何处？"

走到天涯海角，离得很远，还记得彼此；或者对面相逢，近在咫尺，都走了样，已经不认识彼此，不是两种生命不同的难堪吗？

"纵使相逢应不识"，读苏轼这一句，我总觉得心中悲哀。不是容貌改变了，认不出来，或者，不再相认，因为岁月磨损，没有了诗，相逢或许也只是难堪了。

曾经害怕过，老去衰颓，声音喑哑，失去了可以读诗写诗的腼腆伴狂。

前几年路上偶遇大学诗社的朋友，很紧张，还会怯怯地低声问一句："还写诗吗？"

这几年连"怯怯地"也没有了，仿佛开始知道，问这句话，对自己或对对方，多只是无谓的伤害。

所以，还能在这老去的岁月里，默默让生命找回一点诗句的温度，或许是奢侈的吧？

生活这么沉重辛酸，也许只有诗句像翅膀，可以让生命飞翔起来。

自序　坐看云起与大江东去

"天长路远魂飞苦",为什么李白用了这样揪心的句子?

从小在诗的声音里长大,父亲母亲总是让孩子读诗背诗,连做错事的惩罚,有时也是背一首诗,或抄写一首诗。

街坊邻居闲聊,常常出口无端就是一句:"虎死留皮人留名啊。"那人是街角捡字纸(专门捡别人丢弃的有字的纸,整理焚烧)的阿伯,但常常出口成章,我以为是"字纸"捡多了也会有诗。

有些诗,是因为惩罚才记住了。在惩罚里大声朗读:"明月出天山,苍茫云海间。长风几万里,吹度玉门关……"诗句让惩罚也不像惩罚了,朗读是肺腑的声音,无怨无恨,像天山明月,像长风几万里,那样辽阔大气,那样澄澈光明。

有诗,就没有了惩罚。苏轼总是在政治的惩罚里写诗,越惩罚,诗越好。流放途中,诗是他的救赎。

诗,会不会是千万年来许多民族最古老最美丽的记忆?

希腊古老的语言在爱琴海的岛屿间随波涛咏唱——《奥德赛》《伊利亚特》,关于战争,关于星辰,关于美丽的人与美丽的爱情。

沿着恒河与印度河,一个古老民族传唱着《摩诃婆罗多》《罗摩衍那》,也是战争,也是爱情,无休无止的人世的喜悦与忧伤。

黄河长江的岸边,男男女女,划着船,一遍一遍唱着:"蒹葭苍苍,白露为霜。所谓伊人,在水一方。溯洄从之,道阻且长。溯游从之,宛在水中央。"

歌声、语言、顿挫的节奏、呼应的和声,反复、重叠、回旋,像长河的潮汐,像江流蜿蜒,像大海波涛,一代一代传唱着民族最美丽的声音。

《诗经》的十五国风,是不是两千多年前汉语地区风行的歌谣?唱着欢欣,也唱着哀伤;唱着梦想,也唱着幻灭。

他们唱着唱着,一代一代,在百姓口中流传风行,咏叹着生命。

《诗经》从"诗"变成"经"是以后的事。"诗"是声音的流传,"经"被书写成了固定的文字。

我或许更喜欢"诗",自由活泼,在活着的人口中流传,是声音,是节奏,是旋律,可以一面唱一面修正,还没有被文字限制成固定死板的"经"。

《诗经·大雅·绵》讲盖房子:"捄之陾陾,度之薨薨。筑之登登,削屡冯冯。"

变成文字,简直聱牙。经过两千多年,就需要一堆学者告诉年轻人:"冯冯,读音是'凭凭'。"

如果还是歌声传唱,这盖房子的声音就热闹极了,这四种声音,在今天,当然就可以唱成"隆隆""轰轰""咚咚""凭凭"。"乒乒乓乓",盖房子真热闹,最后"百堵皆兴",一堵一堵墙立起来,要好好打大鼓来庆祝,所以"馨鼓弗胜"。

"诗"有人的温度,"经"只剩下躯壳了。

文字有几千年,语言比文字早很多。声音也比文字更属于百姓,不识字,还是会找到最贴切活泼的声音来记忆、传达、颂扬,不劳文字多事。

台湾岛东部少数民族部落里人人都歌声美丽,汉字对他们框架少、压力小,他们被文字"污染"不深,因此歌声美丽,没有文字羁绊,他们的语言因此容易飞起来。

我常在闽南地区听到最近似"陾陾""薨薨"的美丽声音。他们的声音有节奏,有旋律,可以悠扬婉转,他们的语言还没有被文字压死。最近听桑布伊唱歌,全无文字,真是"咏""叹"。

害怕"经"被亵渎,死抱着"经"的文字不放,学者、知识分子的《诗经》不再是"歌",只有躯体,没有温度了。

可惜,"诗"的声音死亡了,变成文字的"经",像百啭的春莺,被割了喉管,努力展翅飞扑,还是痛到让人叹惋。

"惋""叹"都是声音吧,比文字要更贴近心跳和呼吸。有点像

《诗经》《楚辞》里的"兮",文字上全无趣味,我总要用叹惋的声音体会这可以拉得很长的"兮","兮"是音乐里的咏叹调。

从《诗经》的十五国风,到"汉乐府",都还是民间传唱的歌谣。仍然是美丽的声音的流传,不属于任何个人,大家一起唱,一起和声,你一句,我一句,他一句,变成集体创作的美丽作品。

"青青河畔草,绵绵思远道。远道不可思,夙昔(一作:宿昔)梦见之……"只有歌声可以这样朴素直白,是来自肺腑的声音,有肺腑间的热度。头脑思维太不关痛痒,口舌也只有是非,出来的句子,不会是"诗",不会这样有热烈的温度。

我总觉得汉语诗是"语言"带着"文字"飞翔,因此流畅华丽,始终没有脱离肺腑之言的温度。

小时候在庙口听老人家用闽南语吟诗,真好听,香港朋友用老粤语唱姜白石(姜夔)的《长亭怨慢》,也是好听。

我不喜欢诗失去了"声音"。

汉字从秦以后统一了,统一的汉字有一种霸气,让各地方并没有统一的"汉语"自觉卑微。然而我总觉得活泼自由的汉语在民间的底层活跃着,充满生命力,常常试图颠覆官方汉字因为装腔作势越来越死板的框框。

文化僵硬了,要死不死,语言就从民间出来,用歌声清洗一次冰冷濒临死亡的文字,让"白话"清洗"文言"。

唐诗在宋朝蜕变出宋词,宋词蜕变出元曲,乃至近现代的"白话文运动",大概都是"借尸还魂",从庶民间的"口语"出来新的力量,创造新的文体。每一次文字濒临死亡,民间充满生命活力的语言就成了救赎。

因此或许不需要担心诗人写什么样的诗,回到大街小巷、回到庙口、回到百姓的语言中,也许就重新找得到文学复活的契机。

小时候在庙口长大，台北大龙峒的保安宫。庙会一来，可以听到各种美丽的声音，南管、北管、子弟戏（歌仔戏）、客家山歌吟唱、相褒对唱，受日本影响的浪人歌谣，战后移居台湾的山东大鼓、河南梆子、秦腔，乃至美国（20世纪）50年代的摇滚，都混杂成庙口的声音，像是冲突，像是不协调，却是一个时代惊人的和声，在冲突不协调里寻找彼此融合的可能性。我总觉得，新的声音美学在形成，像经过三百多年魏晋南北朝的纷乱，胡汉各地的语言、各族的语言、印度的语言、波斯的语言、东南亚各地区的语言，彼此冲击，从不协调到彼此融合，准备着大唐盛世的来临，准备语言与文字达到完美巅峰的唐诗的完成。

　　应该珍惜，台湾岛是声音多么丰富活泼的地方。

　　生活里其实诗无所不在。家家户户门联上都有"风调雨顺""国泰民安"，那是《诗经》的声音与节奏。

　　邻居们见了面总问一句，"吃饭了吗？""吃饱了？"也让我想到《古诗十九首》里动人的一句叮咛：努力加餐饭。上言加餐饭，生活里、文学里，"加餐饭"都一样重要。

　　我习惯走出书房，走到百姓间，在生活里听诗的声音。

　　小时候顽皮，一伙儿童去偷挖番薯，老农民发现，手持长竹竿追出来。他一路追一路骂，口干舌燥。追到家里，告了状，父亲板着脸，要顽童背一首唐诗作为惩罚——《茅屋为秋风所破歌》，读到"南村群童欺我老无力"，忽然好像读懂了杜甫。在此后的一生里，记得人在生活里的艰难，记得杜甫或穷苦的农民，会为几根茅草或几个地瓜"唇焦口燥"追骂顽童。

　　我们曾经都是杜甫诗里欺负老阿伯的"南村群童"，在诗句中长大，知道有多少领悟和反省，懂得敬重一句诗，懂得在诗里尊重生命。

　　唐诗语言和文字都太美了，忘了它其实如此贴近生活。走出书房，走出教科书，在我们的生活中，唐诗无处不在，这才是唐诗恒久而普遍的巨大影响力吧。

唐诗语言完美，可以把口语问话入诗。

唐诗文字声音无懈可击：无边落木萧萧下，不尽长江滚滚来。写成对联，文字结构和音韵平仄都如此平衡对称，如同天成。

在一个春天走到江南，偶遇花神庙，读到门槛上两行长联，真是美丽的句子：

风风雨雨，暖暖寒寒，处处寻寻觅觅。
莺莺燕燕，花花叶叶，卿卿暮暮朝朝。

那一对长联，霎时让我觉得骄傲，是在汉字与汉语的美丽中长大的骄傲，只有汉字汉语可以创作这样美丽工整的句子。平仄、对仗、格律，仿佛不只是技巧，而是一个民族传下来可以进入春天，可以进入花神庙的通关密语。

有诗，就有了美的钥匙。

我们羡慕唐朝的诗人，水到渠成，活在文字与语言无限完美的时代。

张若虚的《春江花月夜》，传说里的"孤篇压倒全唐之作"，是一个时代的序曲，这样豪迈大气，却可以这样委婉平和，使人知道"大"是如此包容。讲春天、讲江水、讲花朵、讲月光、讲夜晚，格局好大，却一无霸气。盛世，是从这样的谦逊内敛开始的吧，不懂谦逊内敛，盛世没有厚度，只是夸大张扬，装腔作势而已吧。

王维、李白、杜甫，构成盛唐的基本核心价值，"佛""仙""圣"，古人用很精简的三个字概括了他们美学的调性。

"行到水穷处，坐看云起时。"王维是等在寺庙里的一句签，知道人世外还有天意，花自开自落，风云自去自来，不劳烦恼牵挂。经过劫难，有一天走到庙里，抽到一支签——行到水穷处，坐看云起时，那一定是上上签吧。

"我歌月徘徊,我舞影零乱。"李白是汉语诗里少有的青春闪烁,这样华美,也这样孤独,这样自我纠缠。年少时不疯狂爱一次李白,简直没有年轻过。我爱李白的时候总觉得要走到繁华闹市读他的《将进酒》,酒楼的喧闹,奢华的一掷千金,他一直想在喧闹中唱歌:"岑夫子,丹丘生。"我总觉得他叫着"老张,老王,别闹了"。"与君歌一曲,请君为我倾耳听",在繁华的时代,在冠盖满京华的城市,他是彻底的孤独者。杜甫说对了:冠盖满京华,斯人独憔悴!

不能彻底孤独,不会懂李白。

"诗圣"完全懂李白作为"仙"的寂寞。然而杜甫是"诗圣","圣"必须要回到人间,要在最卑微的人世间完成自己。

战乱、饥荒、流离失所,"朱门酒肉臭,路有冻死骨"。杜甫低头看人世间的一切,看李白不屑一看的角落。"三吏""三别",让诗回到人间,书写人间,听人间各种哭声。战乱、饥荒、流离失所,我们也要经历这些,才懂杜甫。杜诗常常等在我们生命的某个角落,在我们狂喜李白的青春过后,忽然懂得在人世苦难前低头,懂得文学不只是自我趾高气扬,也要这样在种种生命苦难前低头谦卑。

诗佛、诗仙、诗圣,组成唐诗的巅峰,也组成汉诗记忆的三种生命价值,在漫漫长途中,或佛,或仙,或圣,我们仿佛不是在读诗,是一点一点找到自己内在的生命元素。王维、李白、杜甫,三种生命形式都在我们身体里面,时而恬淡如云,时而长啸佯狂,时而沉重忧伤。唐诗,只读一家,当然遗憾;唐诗,只爱一家,也当然可惜。

这套书,是近三十年前读书会的录音,讲我自己很个人的诗词阅读乐趣。录音流出,也有人整理成文字,很多未经校订,错误杂乱,我读起来也觉得陌生,好像不是自己说的。

悔之多年前成立有鹿文化,他一直希望重新整理出版我说"文学之美"的录音,我拖延了好几年。一方面还是不习惯语言变成文字,另一方面也觉得这些录音太个人,读书会谈谈可以,变成文字,还是有点觉得会有疏漏。

　　悔之一再敦促,也特别再度整理,请青年作家凌性杰、黄庭钰两位校正,两位都对中学语文教学有所关心,他们的意见是我重视的。这套书里选读的作品多是台湾目前语文教科书的内容。如果今天台湾的少年读这些诗、这些词,除了用来考试升学,能不能让他们有更大的自由,能真正品味这些唐诗宋词之美?能不能让他们除了考试、除了注解评论,还能有更深的对诗词在美学上的人生感悟与反省?

　　也许,悔之有这些梦想,性杰、庭钰也有这些梦想,许多语文教学的老师都有这样的梦想:让诗回到诗的本位,摆脱考试升学的压力,可以是成长的孩子生命里真正的"青春作伴"。

　　我在读书会里其实常常朗读诗词,我不觉得一定要注解。诗,最好的诠释可不可能是自己朗读的声音?

　　因此我重读了张若虚的《春江花月夜》,重读了白居易的《琵琶行》,一句一句,读到"江畔何人初见月?江月何年初照人?",读到"同是天涯沦落人,相逢何必曾相识!",还是觉得动容,诗人可以这样跟江水月亮说话,可以这样跟一个过气的歌伎说话,跟孤独落魄的自己说话。这两个句子,会需要注解吗?

　　李商隐好像难懂一点,但是,我还是想让自己的声音环绕在他的句子中,"相见时难别亦难",好多矛盾、好多遗憾、好多两难,那是义山诗,那也是我们每一个人的生命景况。我们有一天长大了,要经过多少次"相见"与"告别",终于会读懂"相见时难别亦难"。不是文字难懂,是人生难懂,生命艰难,有诗句陪着,可以慢慢走去,慢慢读懂自己。

荷叶生时春恨生，荷叶枯时秋恨成。
深知身在情长在，怅望江头江水声。

春去秋来，生枯变换，我们有这些诗，可以在时间的长河边，听水声悠悠。

要谢谢云门舞集音乐总监梁春美为唐诗宋词的录音费心，录王维的时候我不满意，几次重录，我跟春美说："要空山的感觉"，又加一句"最安静的巴赫"，自己也觉得语无伦次，但春美一定懂，这一份录音交到聆听者手中，希望带着空山里的云岚，带着松风，带着石上青苔的气息，弹琴的人走了，所以月光更好，可以坐看一片一片云的升起。

但是要录几首我最喜爱的宋词了——李煜的《浪淘沙》《虞美人》《破阵子》《相见欢》，这些几乎在儿童时就朗朗上口的词句，当时完全无法体会什么是"四十年来家国"，当时怎么可能读懂"梦里不知身是客"。每到春分，窗外雨水潺潺，从睡梦中惊醒，一晌贪欢，不知道那个遥远的南唐原来这么熟悉，不知道那个"垂泪对宫娥"的赎罪者仿佛正是自己的前世因果。"仓皇辞庙"，在父母怀抱中离开故国，我曾经也有这么大的惊惶与伤痛吗？已经匆匆过了感叹"四十年来家国"的痛了，在一晌贪欢的春雨飞花的南唐，不知道还能不能忘却在人世间久客的哀伤肉身。

每一年春天，在雨声中醒来，还是磨墨吮笔，写着一次又一次的"梦里不知身是客，一晌贪欢"，看渲染开来的水墨，宛若泪痕。我最早在青少年时读着读着的南唐词，竟仿佛是自己留在庙里的一支签，签上诗句，斑驳漫漶，但我仍认得出那垂泪的笔迹。

亡一次国，有时只是为了让一个时代读懂几句词吗？何等挥霍，何等惨烈，他输了江山，输了君王，输了家国，然而下一个时代，许多人从他的诗句里学会了谱写新的歌声。

宋词的关键在南唐,在亡了江山的这一位李后主身上。

南唐的"贪欢"和南唐的"梦里不知身是客"都传承在北宋初期的文人身上。晏殊、晏几道、欧阳修,他们的歌声里都有贪欢沉溺,也惊觉人生如梦,只是暂时的客居。贪欢只是一响,短短梦醒,醒后犹醉,在镜子里凝视着方才的贪欢,连镜中容颜也这样陌生。"一场愁梦酒醒时""无可奈何花落去,似曾相识燕归来",在岁月里多愁善感。晏几道贪欢更甚——"记得小蘋初见",连酒楼艺伎身上的"两重心字罗衣"都清清楚楚,图案、形状、色彩,绣线的每一针每一线,他都记得。

南唐像一次梦魇,烙印在宋词身上。"落花人独立,微雨燕双飞",唐朝写不出的句子,在北宋的歌声里唱了出来。他们走不出边塞,少了异族草原牧马文化的激荡。他们多在都市中,在寻常百姓巷弄,在庭院里,在酒楼上,他们看花落去、看燕归来,他们比唐朝的诗人没有野心,更多惆怅感伤,泪眼婆娑,跟岁月对话。他们惦记着"衣上酒痕",惦记着"诗里字",都不是大事,无关家国,不成"仙",也不成"圣",学佛修行也常常自嘲不彻底,歌声里只是他们在岁月里小小的哀乐记忆。

"白发戴花君莫笑。"我喜欢老年欧阳修的自我调侃,一个人做官还不失性情,没有一点装腔作势。

范仲淹也一样,负责国家沉重的军务国防,可以写《渔家傲》"将军白发征夫泪"的苍老悲壮,也可以写下《苏幕遮》中"酒入愁肠,化作相思泪"这样情深柔软的句子。

也许不只是"写下",他们生活周边有乐工,有唱歌的女子,她们唱《渔家傲》,也唱《苏幕遮》,她们手持琵琶,她们有时刻意让身边的男子忘了外面家国大事,可以为她们的歌曲写"新词"。新词是一个字一个字填进去的,一个字一个字试着从口中唱出,不断修正。"词"的主人不完全是文人,是文人、乐工和歌伎共同创作的吧。

了解宋词产生的环境，或许会觉得，我们面前少了一个歌手。这歌手或是青春少女，手持红牙檀板缓缓倾吐柳永的"今宵酒醒何处"；或是关东大汉，执铁板铿锵豪歌苏轼的"大江东去"。这当然是两种不同的美学情境，使我感觉宋词有时像邓丽君，有时像江蕙。同样一首歌，有时像酒馆爵士，有时像黑人灵歌。同样的旋律，不同歌手唱，会有不同诠释。鲍勃·迪伦的"Blowin'in the Wind"（《答案在风中飘》），许多歌手都唱过，诠释方式也都不同。

　　面前没有了歌手，只是文字阅读，总觉得宋词感觉起来少了什么。

　　柳永词是特别有歌唱性的，柳永一生多与伶工歌伎生活在一起，《鹤冲天》里"忍把浮名，换了浅斟低唱！"，"浅斟低唱"是柳词的核心。他著名的《雨霖铃》没有"唱"的感觉，很难进入情境。例如，一个长句——"念去去，千里烟波，暮霭沉沉楚天阔"。停在"去去"两个声音感觉一下，我相信不同的歌手会在这两个音上表达自己独特的唱法。"去去"两字夹在这里，并不合文法逻辑，但如果是"声音"，"去""去"两个仄声中就有千般缠绵、千般无奈、千般不舍、千般催促。这两个音挑战着歌手，歌手的唇齿肺腑都要有了颤动共鸣，"去""去"两字就在声音里活了起来。

　　只是文字"去去"很平板，可惜，宋词没有了歌手，我们只好自己去感觉声音。

　　谢恩仁校正到苏轼的《水调歌头》时，他一再问："是'只恐'？是'唯恐'？还是'又恐'？"

　　我还是想象如果面前有歌手，让我们"听"，不是"看"《水调歌头》，此处他会如何转音？

　　因为柳永的"去去"，因为李清照的"寻寻觅觅，冷冷清清，凄凄惨惨戚戚"，我更期待宋词要有"声音"。"声音"不一定是唱，可以是"吟"，可以是"读"，可以是"念"，可以是"呻吟""泣诉"，也可以是"号啕""狂笑"。

也许坊间不乏宋词的声音，但是我们或许更迫切希望有一种今天宋词的读法，不配音乐，不故作摇头摆尾，可以让青年一代更亲近，不觉得做作古怪。

在录音室试了又试，梁春美说她不是文学专业，我只跟她说："希望孩子听得下去。"像听德彪西，像听萨蒂，像听琵雅芙，琵雅芙是在巴黎街头唱歌给庶民听的歌手。

"孩子听得下去"，是希望能在当代汉语中找回宋词在听觉上的意义。

找不回来，该湮灭的也就湮灭吧，存在少数图书馆让学者做研究，不干我事。

雨水刚过，就要惊蛰，是春雨潺潺的季节了，许多诗人在这乍暖还寒时候睡梦中惊醒，留下欢欣或哀愁，我们若想听一遍"行到水穷处，坐看云起时"，想听一遍"四十年来家国，三千里地山河"，也许可以试着听听看，这套书里许多朋友合作一起找到的唐诗宋词的声音。

2017年2月刚过雨水，即将惊蛰

蒋勋于八里淡水河畔

第一章 杜甫

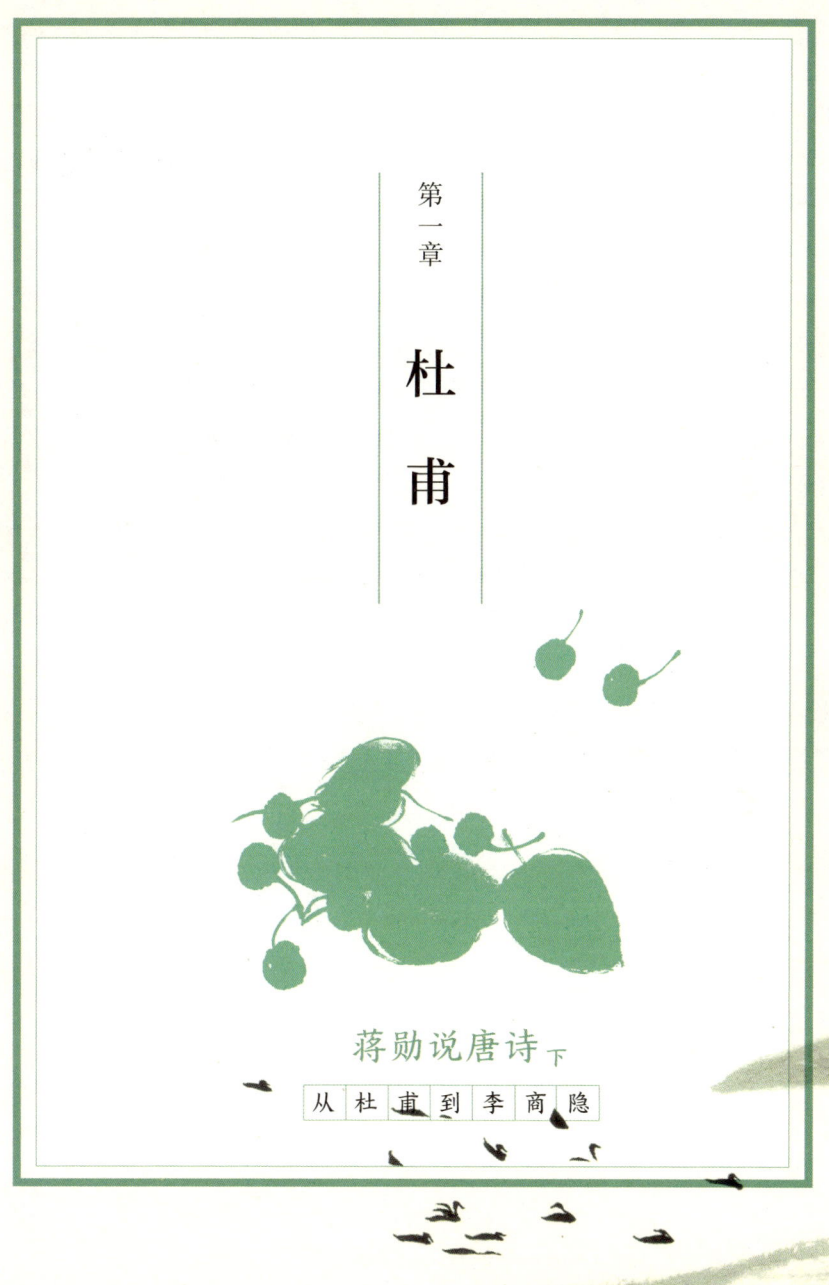

蒋勋说唐诗 下
从杜甫到李商隐

千秋万岁名，寂寞身后事

他们都有一种潇洒与豁达的志愿，
又常常陷在人世的困顿当中

  杜甫曾经梦到李白，他觉得有点不祥，不知道李白是不是死了。李白当时被放逐，四处流浪，很久都没有消息。流放的那个地方瘴疠横行，所以杜甫有些担心，有些难过，也有些害怕。《梦李白》两首诗可以看到杜甫对李白的情感之深。

梦李白（其一）

死别已吞声，生别常恻恻。
江南瘴疠地，逐客无消息。
故人入我梦，明我长相忆。
恐非平生魂，路远不可测。
魂来枫林青，魂返关塞黑。
君今在罗网，何以有羽翼？
落月满屋梁，犹疑照颜色。
水深波浪阔，无使蛟龙得。

梦李白（其二）

浮云终日行，游子久不至。
三夜频梦君，情亲见君意。
告归常局促，苦道来不易。
江湖多风波，舟楫恐失坠。

第一章 杜甫

> 出门搔白首,若负平生志。
> 冠盖满京华,斯人独憔悴。
> 孰云网恢恢,将老身反累。
> 千秋万岁名,寂寞身后事。

"死别已吞声,生别常恻恻",如果有一天要面临死别,大概只有哭泣了。可是杜甫与李白不是死别,而是活生生两个人告别,非常难过。"江南瘴疠地,逐客无消息",李白被贬到南方瘴疠之地,非常容易生病,至今一点消息都没有。"故人入我梦,明我长相忆",老朋友到我的梦里来,大概是知道我非常想念他。

杜甫担心李白到底是不是遭遇不测,不然为什么会到他的梦里来?所以说"恐非平生魂"。这里面有杜甫对李白的深情厚谊。"路远不可测",道路这么遥远,也没有机会可以打探到消息。"魂来枫林青",魂从南方来的时候,会看到一片青色的枫林。"魂返关塞黑",到我的梦里之后,是不是还要回去?你的梦魂回去时大概又要经过黑暗的关塞,多么遥远而孤单。这些都是在写李白的魂进入杜甫的梦之后的超现实状态。接着,看看第二首。

"浮云终日行,游子久不至",杜甫用了李白也曾经用过的比喻——浮云与游子。李白是个不断流浪的人,有时候写信说要来,可是又不来,所幸梦魂前来探访。"三夜频梦君,情亲见君意",连着三个晚上梦到你,所以也知道你非常想念我。杜甫很有意思,这么深的情感,就是不用第一人称。"告归常局促,苦道来不易",梦见李白匆匆告辞离去,还说来见我真是不容易,"江湖多风波,舟楫恐失坠",一路上很危险,也担心李白搭乘的船会不会出事。

"出门搔白首",李白出门的时候,摸了摸满头白发。"若负平生志",好像违反了平生的志愿,这是讲李白,也是讲杜甫自己。他们都有一种潇洒与豁达的志愿，又常常陷在人世的困顿当中。

"冠盖满京华，斯人独憔悴"，看看这个繁华尽是权贵往来的城市，为什么只有李白这么憔悴孤独？"孰云网恢恢，将老身反累"，谁说天网恢恢，广阔无所不包，李白临老反而获罪〇，因为在安史之乱的时候，李白与永王李璘在一起。杜甫的命还不错，投靠的皇子后来当了皇帝，就是唐肃宗。永王后来兵败，李白也因而被流放夜郎。杜甫认为不管李白现在是不是阶下囚，总会"千秋万岁名，寂寞身后事"。杜甫非常确认李白在历史上会留下声名，这是一个很重要的肯定与赞美。

杜甫还给李白写过一首《不见》。

不 见

不见李生久，佯狂真可哀！
世人皆欲杀，吾意独怜才。
敏捷诗千首，飘零酒一杯。
匡山读书处，头白好归来。

"不见李生久，佯狂真可哀"，好久没有见到李白了，想想他经常装得疯疯癫癫的。"世人皆欲杀，吾意独怜才"，当时很多人讨厌李白，也许是政治立场有冲突，杜甫说好像只有我觉得他的才华真是值得怜爱。因为李白"敏捷诗千首，飘零酒一杯"，多么漂亮的对仗，好像"敏捷"与"飘零"就可以概括李白的全部，落魄、流浪，又聪明到才华盖世。杜甫好像永远有一种写格言的意图，永远想劝勉别人，所以他又写道："匡山

〇 安史之乱时，李白误入永王幕府，后永王与其兄肃宗（太子李亨）争位，李白也被牵连下狱，长流夜郎。

读书处,头白好归来。"匡山"是李白少年时读书的地方,杜甫觉得在那边终老很好,为什么不回到匡山去呢?再来是呼应题目《不见》,杜甫盼望李白归蜀,两人可以再相见。在这首诗里可以看到杜甫对李白的深深怀念。

社会意识的觉醒

杜甫在描述华丽之后，
终究还是落脚于对老百姓的同情

《丽人行》这首诗是歌行体，同李白的《长干行》一样都来源于民谣系统。

丽人行

三月三日天气新，长安水边多丽人。
态浓意远淑且真，肌理细腻骨肉匀。
绣罗衣裳照暮春，蹙金孔雀银麒麟。
头上何所有，翠微㔩叶垂鬓唇。
背后何所见，珠压腰衱稳称身。
就中云幕椒房亲，赐名大国虢与秦。
紫驼之峰出翠釜，水精之盘行素鳞。
犀箸厌饫久未下，鸾刀缕切空纷纶。
黄门飞鞚不动尘，御厨络绎送八珍。
箫鼓哀吟感鬼神，宾从杂遝实要津。
后来鞍马何逡巡，当轩下马入锦茵。
杨花雪落覆白蘋，青鸟飞去衔红巾。
炙手可热势绝伦，慎莫近前丞相嗔。

《丽人行》描绘了女性在春天盛装出游的景象。杜甫写过很多"仿乐府"诗，他已经离开了贵游文学，开始追求比较平铺直叙的歌谣体。李白的诗有很多形式上的创造，对贵族的华丽生活多有涉及，杜甫这方面的因素相对较少。越到后期，杜甫越是返璞归真，收敛华丽，非常平实。杜甫是写实文学的代表，李白则是浪漫文学的代表。

《丽人行》与唐朝画家张萱的《虢国夫人游春图》讲的是同一个故事。仿佛画家张萱与诗人杜甫都在农历三月初三这一天，在长安曲江边，看到贵族妇人盛装游春。

"三月三日天气新，长安水边多丽人"，用"新"去形容天气，是因为沉闷的、寒冷的冬天过去了，天气终于转暖，长安城的曲江旁边有很多美丽的女子。"态浓意远淑且真"，"态浓"是妆容非常浓艳，唐朝女性涂的胭脂、贴的花黄非常华丽，会在整个额头上画一只凤凰。"态浓"必须要"意远"，也就是精神层面上要够高远，才能平衡，才能美。美常常是两个相反事物之间的平衡。"态浓""意远""淑且真"，然后是"肌理细腻骨肉匀"，只有在唐朝才会如此直接地描述女性的真实身体。

下面开始讲衣服。"绣罗衣裳照暮春"，绣着非常美的纹样的罗衣，与暮春景致相映照。"蹙金孔雀银麒麟"，衣服上有金银线绣出的孔雀与麒麟形状。"头上何所有，翠微匎叶垂鬓唇"，头上的翡翠装饰从鬓角垂下来。"背后何所见，珠压腰衱稳称身"，腰带上镶有珍珠，压住腰际合身稳当。

"就中云幕椒房亲，赐名大国虢与秦"，所有漂亮的女子当中，最重要的是杨贵妃的亲姐妹，即虢国夫人和秦国夫人。她们在云帐里设宴，"紫驼之峰出翠釜"，用一个翡翠小锅，装了驼峰肉；"水精之盘行素鳞"，鲜鱼放在水晶盘子里。"犀箸厌饫久未下"，手持犀牛角做的筷子，已经不想吃了，因为每天都在吃这些东西，多没意思。李白《行路难》中的"投箸"是心茫然，这里的"厌饫"是厌烦，对华丽和富贵的厌烦。"鸾刀缕切空纷纶"，佳肴已经吃到腻了，皇宫中的御厨还在绞尽脑汁想做出最好的菜。杜甫在做对比，他的社会意识慢慢出来了。

"黄门飞鞚不动尘","黄门"是管马的太监,为了让夫人们吃的东西安全卫生,从皇宫中送来的食物能保持熟度和干净,特地选用训练有素的太监,虽然驾马飞奔,但控制得很好,依然"不动尘"。"御厨络绎送八珍",一道一道菜送过来。"箫鼓哀吟感鬼神,宾从杂遝实要津",旁边有人演奏音乐,宾客众多尽是达官贵人。"后来鞍马何逡巡,当轩下马入锦茵",晚到者(暗指杨国忠)顾盼一番后,下马立即走上锦缎做的铺毯。

"杨花雪落覆白蘋,青鸟飞去衔红巾",这两句诗暗用北魏胡太后与杨华私通之事,及青鸟作为男女间信使的典故,来影射杨国忠与虢国夫人兄妹间的不伦关系。"炙手可热势绝伦",这个家族炙手可热,声势到了最高点。然后杜甫开始与他最关心的人讲话,他最关心的人是谁?老百姓。"慎莫近前丞相嗔",你们不要随便走到前面,小心丞相骂你。丞相是谁?杨国忠。杜甫在描述华丽之后,终究还是落脚于对老百姓的同情,在这样一个富贵权势被垄断的社会中,百姓是最卑微的角色。杜甫与李白的不同,就是这种社会意识的觉醒。

记录时代的悲剧

杜甫的诗散发出来的力量非常强,
会让我们看到一个诗人在介入现实之后的痛苦

　　杜甫的每一首诗都有非常具体的事件,我觉得杜甫可以说是诗人当中最具纪录片导演性格的,他的诗是见证历史的资料。纪录片最大的特征是不能加入自己太多的主观感受,这就是为什么李白的诗里面有很多"我",而杜甫的诗里几乎很少出现"我"。

　　《兵车行》讲的是抓兵。古代不断发生战争,需要有人去打仗,人们会逃避,政府就去抓兵。杜甫看到这个现象,就去描述这个画面。为什么杜甫的诗被称为"诗史"?因为他的诗写出了那个时代的历史。也许我们在读唐朝历史的时候,读不到《兵车行》所描述的画面,可是杜甫替我们保留了下来。

兵车行

车辚辚,马萧萧,行人弓箭各在腰。
耶娘妻子走相送,尘埃不见咸阳桥。
牵衣顿足拦道哭,哭声直上干云霄。
道傍过者问行人,行人但云点行频。
或从十五北防河,便至四十西营田。
去时里正与裹头,归来头白还戍边。
边庭流血成海水,武皇开边意未已。
君不闻汉家山东二百州,千村万落生荆杞。
纵有健妇把锄犁,禾生陇亩无东西。

况复秦兵耐苦战，被驱不异犬与鸡。
长者虽有问，役夫敢申恨？
且如今年冬，未休关西卒。
县官急索租，租税从何出？
信知生男恶，反是生女好。
生女犹得嫁比邻，生男埋没随百草。
君不见，青海头，古来白骨无人收。
新鬼烦冤旧鬼哭，天阴雨湿声啾啾。

"车辚辚，马萧萧，行人弓箭各在腰"，车子在赶路，马也在嘶鸣，一开始就带出街头的混乱局面。这首诗中的杜甫是一个旁观者，他挤在人群当中，描述自己看到的现象。杜甫的角度不是贵族的角度，而是最卑微的老百姓的角度。"行人弓箭各在腰"点出了军队，下面讲"耶娘妻子走相送"，杜甫在群体的家族文化当中，最关心人的亲情。"尘埃不见咸阳桥"，送行人众，灰尘扬起，尘土大到连咸阳的桥都看不见了。

杜甫在一群小市民当中跑来跑去，有点像纪录片的拍摄者，拿着摄影机拍了这些场景。"牵衣顿足拦道哭，哭声直上干云霄"，对杜甫来说，人间的一切都是牵扯不断的。"牵衣顿足"，因为分别后大概这一辈子都见不到了。战争引发的恐惧感一下突显出来，一片哭声，简直都冲到天上去了。作为一个优秀的社会诗人，杜甫用纪录片的方法描述了一个时代开疆拓土的战争背后悲惨的事件。"牵衣顿足"，非常杜甫的句子，平实朴素，全是"人"的关心。

唐朝历史让我们看到的都是帝王的功业，这些功业背后却是人仰马翻、妻离子散的悲剧。杜甫记下了这些悲剧，让文学成为另外一种历史。他让我们看到帝王将相的功业以外，人民被战争所牵连的悲哀与痛苦。"道傍过者问行人"，一个过路的人，去问旁边的人。李白的诗几乎是

"我",杜甫的诗却多半是这种路边的人,"过者"与"行人",都是过路的人。纪录片的特点就是高度的客观性。纪录片最好的拍摄方法,就是创作者始终没有出来。这句话变得很重要,到底发生了什么事?"行人但云点行频","点行"就是征兵、抓兵,政府抓兵抓得太频繁了,所以民间不堪其苦。《石壕吏》是另外一部纪录片,一家有三个儿子都被抓去当兵了。"频"才是关键,所以后面引发的问题很严重,为了开疆拓土,为了发展帝王的功业,已经忽略了民间生存的基本稳定性。

杜甫的客观性一直延续下去,下面的话可能都是行人讲的。"或从十五北防河",路边的人说,你知道有的人十五岁就被抓到北边的河西去御敌,"便至四十西营田",四十岁了还要到西边去从事屯垦,这完全是纪录片中的举证。杜甫不会从个人角度说,我不喜欢战争,而是用客观描述的方式揭露残酷的现实。"去时里正与裹头,归来头白还戍边",走的时候里长要替他们绑一个头巾,表示说要从军了,回来的时候头发都已经白了。

下面直接描写战争的悲惨,"边庭流血成海水",因边疆的战争而流淌的血像海水一样四处漫延,"武皇开边意未已",这里的武皇是以汉喻唐,指的其实是唐朝的皇帝。这是非常大胆的发言,这些诗歌就在民间流传,代表人民的声音,变成对抗当时朝廷的巨大力量。

武皇不断开疆拓土,可是接下来的结果是:君不闻汉家山东二百州,千村万落生荆杞。华山以东两百多州的农家村落已经没有人种田,男人都被抓去打仗,村落里面长满了野草荆棘。"纵有健妇把锄犁,禾生陇亩无东西",非常写实,即使有身体强健的女人可以接替男人去做锄田、犁田的工作,但因为农业人口不够,稻苗乱长,也没有阡陌了。"况复秦兵耐苦战,被驱不异犬与鸡",被抓去当兵,简直是被奴役到像狗、像鸡。李白永远在超越于现实之上的个人心灵世界行走,杜甫则落脚于实在的土地，让我们看到人世间最大的悲痛和具体的悲剧。

下面一句，杜甫从七言转到五言。"长者虽有问，役夫敢申恨？"长者是行人对杜甫的尊称，杜甫问有没有人受虐，得到的回答是服兵役的人哪里敢讲一句话。人民的恐惧到了一定程度，即使有可以疏通的管道，下情也还是不能上达。然后开始举例——且如今年冬，未休关西卒，像今年冬天，关西这边还是没有停止征兵。"县官急索租，租税从何出？"当地的县官还要分派租税，可是人已经被抓去当兵了，根本就没人种田，怎么交租税呢？这里谈到了大唐帝国内部体制的败坏。

"租税从何出？"这种句子已经不像诗了。我年轻时不喜欢杜甫，那个年龄很容易"为赋新词强说愁"，总是希望句子要像诗，所以不太懂杜甫。到某一个年龄后，会感觉到杜甫关心人远胜过关心诗，这个句子才可以这样大胆地出来，他根本觉得诗好不好不是那么重要。"租税从何出"是直接的问话、直接的抗议、直接的控诉，你到底要老百姓拿什么来交租税？要了解杜甫，就要从个人对文艺文学的爱好，转到对社会的关怀，这不是年轻的时候容易懂的。今天的报导者一样可以问政府："租税从何出？"

"信知生男恶，反是生女好。生女犹得嫁比邻，生男埋没随百草"，大家彼此劝说，不要再生男孩子了，生男孩子真是遭殃。生个女孩子，还可以在身边。这已经讲到民间最大的悲哀了。

杜甫用自己的文学为时代留下的见证非常惊人。大概是二十世纪八十年代，我在美国，有段时间一直在读杜诗，我称那段时间为我的"忏悔期"，因为年轻时没有读懂杜甫，或者读懂了，可是没有深切的感受。在体会到一个社会中的个人可以被政策体制压迫到那种状况的时候，我才开始发现杜甫的重要性，他可以把时代的悲剧阐述出来。

《兵车行》最后的结尾非常特别。"君不见，青海头，古来白骨无人收。新鬼烦冤旧鬼哭，天阴雨湿声啾啾"，你没有看到青海，打仗打得最厉害的地方，历来战争剩下的那些骨头，到现在也没有人收。新死掉的鬼，心里充满对生命没有完成的怨恨，旧的鬼魂则在哭泣。"天阴雨湿声啾啾"，在下雨的天气里，魂魄的悲怨似乎扑面而来。这里面有非常清楚的事件，而不是官方记录或报告，我们可以感觉到杜甫真正以民间立场去看待老百姓对抓兵这件事的反应。

《石壕吏》是我看过的所有类似纪录片的诗歌当中，最让我感动的一首，杜甫完全采用了客观的角度。

石壕吏

暮投石壕村，有吏夜捉人。
老翁逾墙走，老妇出门看。
吏呼一何怒！妇啼一何苦！
听妇前致词：三男邺城戍。
一男附书至，二男新战死。
存者且偷生，死者长已矣！
室中更无人，惟有乳下孙。
有孙母未去，出入无完裙。
老妪力虽衰，请从吏夜归。
急应河阳役，犹得备晨炊。
夜久语声绝，如闻泣幽咽。
天明登前途，独与老翁别。

"暮投石壕村"，纪录片一定要有时间、地点、事件。时间是"暮"，黄昏的时候，"投"是投宿的意思。安史之乱发生了，这个时候杜甫也在逃难，经过石壕村，就寄宿下来。然后那一天他碰到一件事——

"有吏夜捉人",晚上官吏来抓兵。杜甫用十个字就把纪录片的主题说清楚了。纪录片的画面是:老翁逾墙走,老妇出门看。这个画面非常荒谬,因为年轻人都抓完了,换抓老人了。这家有一个老头,立刻翻墙跑掉,只得由老太太开门周旋。

杜甫用我们最容易了解的文字和语言,进入这个悲剧世界。"老妇出门看"以后,是"吏呼一何怒!妇啼一何苦",抓兵的官吏发脾气骂人,说敲门敲了半天,怎么都不来开门,老太太一直在哭。这里运用对仗来清楚地表达官方与民间的立场。杜甫一句话都没有讲,只是在旁边看。下面"听妇前致词","听"是一个动词,谁在听?是杜甫听到老太太在说话,从头到尾杜甫没有讲话,他只记录老太太说什么话。这是非常难的技巧,一般人会忍不住要自己跳出来说话,说你看这些官吏多坏。可是杜甫却让老太太说话,像一个录音机记录下来。"三男邺城戍",我有三个儿子,都在河南的邺城防守边疆。老太太的叙述完全是平铺直叙地交代事实,是一位母亲讲三个儿子被抓走当兵的事实。然后下面是非常惨的悲剧,"一男附书至",最近有一个儿子写信了,"二男新战死",说两个儿子已经在战争里死掉了。

读到这个地方会有很大的不忍,"二男新战死"之后,老太太安慰自己说:"存者且偷生,死者长已矣!"活着就好好活着吧,死掉的已经死了,没有办法追究了。这时候我们感觉到强烈的悲剧性,她应该要呐喊、要控诉,可是没有,只是安慰自己说死了就算了,只能祈祷剩下的那个不要死吧。我第一次读的时候非常震撼,发现杜甫的诗里有一种力量。一个好的艺术家,在最悲惨的事件上是不准自己流泪的。流泪的时候,会看不清楚事实,而看不清楚事实,作品就不会感动人。著名摄影家尤金·史密斯(1918—1978)在日本拍摄工业污染造成的人的病变时,就告诉自己不能流泪。他说一个摄影家流泪的时候,镜头是模糊的,他其实是要求自己有高度的节制。

老太太又开始讲,"室中更无人",她开始说谎,隐瞒了老翁已经逃走的事实。真的要进来查吗?"惟有乳下孙",还有一个在吃奶的孙子,总不能把他抓去当兵吧。这里面透露了民间的悲痛,不能够对抗官吏,可是又必须想办法躲过灾难。"有孙母未去,出入无完裙",她说家里太穷了,儿媳已经没有完整衣裙可穿,没有办法出来。这首诗透露出唐朝的繁华背后,人民疾苦到了非常惊人的地步。

接下来,我们看到更大的悲剧。官吏来抓兵抓不到,总要有一个交代,老太太就说"老妪力虽衰,请从吏夜归",说我已经是老太婆了,没有力气了,但可以跟你去军队里服兵役。大概官吏觉得抓一个老太太回去干什么,她就开始说服官吏——"急应河阳役,犹得备晨炊",说我还可以帮军队煮早饭。

杜甫的"三吏""三别"非常沉重,我觉得《石壕吏》是里面最令人心痛的。"夜久语声绝,如闻泣幽咽",夜已经很深了,讲话的声音慢慢没有了,而低声哭泣的声音也慢慢远去。"天明登前途,独与老翁别",天亮了,要继续赶路,老太太已经被官吏抓走了,杜甫告别的时候只剩下老翁。

在这首诗里,杜甫一句话都没有讲,只是叙述事件。可是读完这首诗,心里面会有很大的悲痛。文学带来的压力,留在整个历史当中,会变成一种良心。一个政治人物,读到这首诗的时候,也要想想看,为什么民间的诗会是这样。《石壕吏》大概是杜甫诗的极致,它的力量其实比《兵车行》还要大,因为《兵车行》还有很多有关战争的叙述,《石壕吏》连战争都没有提到,只讲抓兵,讲战争让民间一个家庭破碎的过程,这个家庭里男孩子都不在了,老父亲逃走,老母亲最后也被抓去兵营里煮饭。杜甫只是在讲一个现象,所以张力更强。

历史上很少有人去做这样的记录，很少有这样一种人道主义的关怀。在二十世纪七十年代美国民间反越战的时候，杜甫的诗常常被提出来证明战争的可怕。现在的战争也许与那时不完全相同，但杜甫诗中描述的悲剧今天依然可以发生，翻译成任何语言，都会让人感动。

这种诗要非常安静，才能够写好。从"暮投石壕村"一直到"独与老翁别"，如果把一幅幅画面连起来，可以看到从黄昏到天亮这段时间里所发生的一个历史事件，完全是一部纪录片。人们其实要的就是很平凡的生活，如果连这样卑微的要求都得不到满足，就会产生巨大的控诉。杜甫的诗散发出来的力量非常强，非常沧桑，也非常苍凉，会让我们看到一个诗人在介入现实之后的痛苦。

安得广厦千万间,
大庇天下寒士俱欢颜!

杜甫有一种天真,
他的人道主义最后天真地直接在诗里写出来了

下面是《茅屋为秋风所破歌》。

茅屋为秋风所破歌

八月秋高风怒号,卷我屋上三重茅。茅飞渡江洒江郊,高者挂罥长林梢,下者飘转沉塘坳。

南村群童欺我老无力,忍能对面为盗贼。公然抱茅入竹去,唇焦口燥呼不得,归来倚杖自叹息。

俄顷风定云墨色,秋天漠漠向昏黑。布衾多年冷似铁,娇儿恶卧踏里裂。床头屋漏无干处,雨脚如麻未断绝。自经丧乱少睡眠,长夜沾湿何由彻!

安得广厦千万间,大庇天下寒士俱欢颜!风雨不动安如山。呜呼!何时眼前突兀见此屋,吾庐独破受冻死亦足!

这是我年轻读大学时,感到最烦的一首杜诗。这首诗叙述的情节很简单。杜甫在安史之乱以后来到四川成都,盖了几间破茅草房。八月时江边的风很大,屋上面的茅草被吹走了到处飘,南村的小孩们就跑来抢茅草。杜甫当时年纪很大了,就在那边追骂他们,要他们把茅草还给自己。

那时候我觉得为了几根茅草这样吵,实在很滑稽,口干舌燥,一路去追这些小孩子,小孩子又跑得特别快,他也追不回那些茅草,就站在那里,痛恨"群童欺我老无力",可是后面一转,好像很八股地说"安得广厦千万间,大庇天下寒士俱欢颜"。那个时候,我就觉得,杜甫有一种天真，他的人道主义最后天真地直接在诗里写出来了。

我很喜欢的日本导演黑泽明（1910—1998），他年轻时拍过《七武士》《罗生门》，对人性剖析很深。后来许多人觉得曾经是大师的他，怎么晚年的电影变得这么简单，在电影《梦》里面讲环保、反战，让人觉得有点幼稚。其实一个人到了七八十岁，大概就觉得该讲的话干脆就直接讲，不想再绕弯了。今天看来，杜甫的这首诗，贯穿其中的还是他一向坚持的那种精神，就是讲民间最卑微的生活。李白不会写这样的诗，李白的世界是长风几万里吹过去，他怎么会去讲那几根茅草。可是杜甫体会到了生存的卑微与生命的苍凉，他看到了许多人像蚂蚁一样生存，卑微地、肮脏地、污秽地、邋遢地活着的生命状态，他就去描述这样的状态。

这首诗里杜甫用了很接近民歌的叙事方式，"八月秋高风怒号"，八月的风吹起来，里面没有用难字。"卷我屋上三重茅"，把他屋子上一层一层的茅草全部吹走了，"茅飞渡江洒江郊"，茅草飞过江，散落在野地荒郊。"高者挂罥长林梢，下者飘转沉塘坳"，有的挂在树上，有的飘到了池塘当中。杜甫很耐心地告诉我们，茅草怎么被吹走，挂在哪里。如果不是一个真的有所关怀的人，不可能注意到这些细节。

"南村群童欺我老无力"，南村跑来的一群顽童，欺负杜甫年纪大没有力气。这里的杜甫一定是个让小孩子讨厌的人。我记得小时候每一次去偷芭乐（番石榴），一个缠小脚的老太太就会拿棍子追出来，我们一看到她拔腿就跑。童年时有很多这种记忆。杜甫是从他自己的角度写儿童，直接写这些小孩子很坏，像纪录片一样真实地写下来。"忍能对面为盗贼。公然抱茅入竹去"，风把我屋顶的茅草吹下来，你们竟敢当着面抢走茅草就躲到竹林当中去。我们可以感觉到杜甫真的很生气。这两句诗勾勒出非常生动的画面，这和李白很不一样，李白是又和月亮喝酒，又和影子喝酒，杜甫呈现的却是最琐碎、最卑微却也最平实的生活细节。

"唇焦口燥呼不得",骂了很久,口干唇焦了,用的都是非常民间的字。最后也没有办法,所以"归来倚杖自叹息"。这是农村里面被小孩子欺负的老先生最常见的下场,靠着拐杖,自己哀叹自己。哀叹之后,他开始描述当时看到的风景:俄顷风定云墨色,秋天漠漠向昏黑。秋天已经来了,天已经黑了。"布衾多年冷似铁",身上盖的那床单薄的布衾,因为太旧,再加上也没有好好地洗,已经冷得像铁一样。"娇儿恶卧踏里裂",这里又开始埋怨他的孩子,孩子不好好睡觉,乱蹬,所以布衾的内里都裂了。杜甫好像想起生活里所有不快乐的琐碎小事。我记得小时候在一个眷村门口,也常常会听到邻居太太在骂小孩,翻旧账骂出好几年间发生的事情。我觉得杜甫很有趣,他描述的悲哀是小市民才有的悲哀,一件衣服也要讲一下。"床头屋漏无干处",又想到自己家

里面的屋子，一下雨就会漏水，衣服也常常会被淋湿。"雨脚如麻未断绝。自经丧乱少睡眠"，"丧乱"是讲安史之乱，自那之后，睡觉一直不安稳，好像老是会被惊醒，这是一个逃过难的人的焦虑不安。"长夜沾湿何由彻"，没有办法一整夜睡得踏实。

下面忽然讲"安得广厦千万间，大庇天下寒士俱欢颜"，杜甫的人道主义就在这里发生。他从自己的悲哀、卑微和穷困中走了出来，忽然了解到，刚才那些小孩抢我的茅草，不是跟我一样，都是因为贫穷吗？好像没有人有错。这个时候他的视野开始扩大，最后想到的是人能不能有一个富有的环境，谁能够使老百姓过上比较安乐的日子，能不能让大家都有屋子住？"风雨不动安如山"，什么样的风雨都不会摧毁这样的房子。"呜呼！何时眼前突兀见此屋"，人在贫穷当中，好像忽然出现幻象，眼前真的有了很多房子，穷人都可以进去住，好像一下变成住在理想国里面了。

黑泽明一直拍黑白片，《罗生门》《七武士》《生之欲》《天堂与地狱》，后来拍了第一部彩色片——《电车狂》。它讲一个智能不足的小孩子，每天幻想自己开电车，开到贫民窟。里面有一段讲贫民窟的故事，其中有一个乞丐后来疯了，忽然发现他眼前出现一座巴洛克式的皇宫。这与杜甫描述的感觉非常像，人在高度贫穷以及巨大的绝望当中，会出现幻境。"呜呼！何时眼前突兀见此屋"中的"呜呼"是非常绝望的喊声。"吾庐独破受冻死亦足！"那时候就算我的房子是破烂的，只能挨饿受冻死掉，都觉得没有关系。杜甫似乎觉悟到他骂的那些小孩子其实是无辜的，他说就让他自己贫穷吧，不要这么多人贫穷。"吾庐独破受冻死亦足！"这个结尾转得非常奇特。他一下觉得房子破不破没有关系了，这是从大的人道关怀角度开始对前面进行反省。如果没有前面那种一个老翁骂小孩子的场景，后面不会这么感人。

在诗歌的创作手法上，杜甫在这首诗中运用了对比。前面他就是一

个让人讨厌的老头子,在那边骂来骂去。后面他忽然转调,开始觉得自己刚才那种表现是因为不了解什么叫贫穷,他意识到整个民间穷苦到了何种程度。

《茅屋为秋风所破歌》因为其人道主义的角度,后来非常受中国文人的喜爱,很多书法家都写过,最著名的是元朝一个大书法家鲜于枢写的。他写杜甫诗的时候,线条拉出去的感觉,可以看出在宋朝黄庭坚的书法基础上,又发展出开阔的力量,里面的笔法类似魏碑。

人世间不可解的忧愁

他感觉到繁华盛世已经过去了，
民间的疾苦时时在扰动他的心灵

《观公孙大娘弟子舞剑器行》是杜甫晚年的诗歌。

观公孙大娘弟子舞剑器行

大历二年十月十九日，夔府别驾元持宅，见临颍李十二娘舞剑器，壮其蔚跂，问其所师，曰："余公孙大娘弟子也。"开元五载，余尚童稚，记于郾城观公孙氏舞剑器浑脱，浏漓顿挫，独出冠时。自高头宜春、梨园二伎坊内人，洎外供奉，晓是舞者，圣文神武皇帝初，公孙一人而已。玉貌锦衣，况余白首，今兹弟子，亦匪盛颜。既辨其由来，知波澜莫二。抚事慷慨，聊为《剑器行》。往者吴人张旭，善草书书帖，数常于邺县见公孙大娘舞西河剑器，自此草书长进，豪荡感激，即公孙可知矣。

昔有佳人公孙氏，一舞剑器动四方。
观者如山色沮丧，天地为之久低昂。
㸌如羿射九日落，矫如群帝骖龙翔。
来如雷霆收震怒，罢如江海凝清光。
绛唇珠袖两寂寞，晚有弟子传芬芳。
临颍美人在白帝，妙舞此曲神扬扬。
与余问答既有以，感时抚事增惋伤。
先帝侍女八千人，公孙剑器初第一。
五十年间似反掌，风尘澒洞昏王室。
梨园子弟散如烟，女乐馀姿映寒日。

金粟堆前木已拱，瞿塘石城草萧瑟。

玳筵急管曲复终，乐极哀来月东出。

老夫不知其所往，足茧荒山转愁疾。

公孙大娘是当时一个以舞剑器闻名的舞蹈家。杜甫年约五岁时看过公孙大娘舞剑，他忆起当时看到的舞剑过程，并做了一些形容。这其中有艺术性的描述，"观者如山色沮丧"，就是大家在看她舞剑的时候，都被剑气逼到好像抬不起头来一样。"天地为之久低昂"，好像天地都发生了变化。"㸌如羿射九日落"，"㸌"是讲光线，就是公孙大娘在舞剑的时候发出的亮光，好像神话里后羿射下了九个太阳。接下来说舞剑的线条很美——"矫如群帝骖龙翔"，好像天上的诸神驾着龙拉的车在飞翔，是在讲线条的飞扬感觉。

看舞蹈的时候也有声音方面的感受，"来如雷霆收震怒，罢如江海凝清光"是一组对仗，力量来的时候好像雷霆，停下来的时候，仿佛江与海上只剩下一道光。仅仅看这四句"㸌如羿射九日落，矫如群帝骖龙翔。来如雷霆收震怒，罢如江海凝清光"，已经是对抽象行为非常精致的描述，用来形容贝多芬的音乐也很恰当。杜甫在这里讲的是感觉上的动与静、大与小、明亮与黑暗之间的对比，可以看到诗中很强烈的意象。

唐诗的妙处就在意象的处理，在叙事空间中，意象会一直交错出现。比如说，接下来杜甫开始讲公孙大娘"绛唇珠袖两寂寞，晚有弟子传芬芳"，从公孙大娘转到了对她弟子的描绘。"临颍美人在白帝"，就是在夔州这个地方，"妙舞此曲神扬扬。与余问答既有以，感时抚事增惋伤"，讲到当年先帝时代，是豪华盛世，但在安史之乱后，大唐帝国开始衰落。"先帝侍女八千人"，那个时候陪侍皇帝的宫女有八千人之多，"公孙剑器初第一"，公孙大娘的剑舞技艺在所有宫女中排名第一。

"五十年间似反掌，风尘澒洞昏王室。梨园子弟散如烟，女乐馀姿映寒日","梨园"就是唐玄宗的"国家歌舞团",原有上千人,安史之乱后,皇室没落,梨园崩溃,所以"梨园子弟散如烟",都流落民间,自己想办法求生活。这是讲帝国由繁华到没落的过程。"金粟堆前木已拱,瞿塘石城草萧瑟。玳筵急管曲复终,乐极哀来月东出",杜甫比李白小十一岁,对于安史之乱以后的败落有更多感受,自然就写到这种乐极哀来的感觉。"老夫不知其所往",自己年纪也大了,不知道应该到哪里去,"足茧荒山转愁疾",在荒山里走来走去,走到脚都生茧了,还在发愁。

  杜甫的愁与李白的愁很不一样,李白的愁是生命本质上的哀伤,是在人生现象里不可解的一种本质的忧愁;杜甫的愁是因为他感觉到繁华盛世已经过去了,民间的疾苦时时在扰动他的心灵,是在人世间跑来跑去,怎么奔忙都觉得无法解决的忧愁。我们自己也可以感受到两种不同的忧愁:有一种是觉得心情烦乱,生命有一种茫然;另一种忧愁可能是到了医院,看到有人生病,或者看到路边有人穷困。"仙"的愁与"圣"的愁是两种不同的愁绪。

离乱与还乡

那种现世当中的哀伤，
与李白的潇洒很不一样

比起李白，杜甫对安史之乱以后皇室的败落特别有感觉。《春望》是大家很熟悉的一首诗。

春 望

国破山河在，城春草木深。感时花溅泪，恨别鸟惊心。
烽火连三月，家书抵万金。白头搔更短，浑欲不胜簪。

一个人在战乱当中，感觉到江山还在，所谓的国，也就是我们今天讲的政治上的组织，已经破败了，可是山河还在。在城里，春天来了，诗人因感伤时事，连看到花开都想哭泣，听到春天的鸟在叫，也有一种惊心的感觉。因为战乱中有这么多人世间的生离死别，并不复杂的文字，却凝聚了时代的抽象力量。

之后，杜甫又从抽象的叙事跳到白描：烽火连三月，家书抵万金。白头搔更短，浑欲不胜簪。杜甫总是给人留下一个形象，就是盛年已过，老在那边抓着越来越少的白头发的一个老人。那种现世当中的哀伤，与李白的潇洒很不一样。

我们开始被杜甫打动的时候，也就知道自己到了哪一个年龄阶段。李白与杜甫提供的生命经验真的非常不同，我很高兴杜甫会在某一个年龄那里等着，让人对很多原来不屑一顾的卑微人生产生理解与悲悯。

很多书法家各用不同的书体来写杜甫的诗，但我觉得，杜甫的诗不适合用太漂亮的书体去写。杜诗给我的感觉就是应该用魏碑写，很笨拙、很木讷、很朴素，不需要太多线条的美在里面。

《述怀》是杜甫自己的逃难记录。

述 怀
此已下自贼中窜归凤翔作

去年潼关破，妻子隔绝久。今夏草木长，脱身得西走。
麻鞋见天子，衣袖露两肘。朝廷愍生还，亲故伤老丑。
涕泪授拾遗，流离主恩厚。柴门虽得去，未忍即开口。
寄书问三川，不知家在否？比闻同罹祸，杀戮到鸡狗。
山中漏茅屋，谁复依户牖。摧颓苍松根，地冷骨未朽。
几人全性命？尽室岂相偶？嵚岑猛虎场，郁结回我首。
自寄一封书，今已十月后。反畏消息来，寸心亦何有？
汉运初中兴，生平老耽酒。沉思欢会处，恐作穷独叟。

"去年潼关破，妻子隔绝久"，安史之乱的叛军破了潼关后，杜甫开始逃难，在战乱当中，他和妻儿分离了，不知道他们流落到哪里去。"今夏草木长，脱身得西走"，今年夏天草木都长起来的时候，他才得以脱身，能够往西走。杜甫这个时候往灵武逃，因为唐肃宗在灵武（位于今宁夏回族自治区）即位。"麻鞋见天子"，逃难时用草与麻编了鞋，去见皇帝时还穿着麻鞋，"衣袖露两肘"，衣服已经破到手肘都露出来。杜甫的诗里，透露的全是战乱中的悲剧，他对逃难的描写细致入微。

"朝廷愍生还，亲故伤老丑。涕泪授拾遗，流离主恩厚"，杜甫说朝廷很悲悯，给了他一个官位，也就是"拾遗"，所以我们今天称杜甫为"杜拾遗"，他很感动，哭着接受了朝廷的恩典。在流离失所当中，皇帝对他还很有恩，"授拾遗"就表示有薪水了，虽然这个时候薪俸可能很微薄。"柴门虽得去,未忍即开口",日子还是很难过,过得很不好。

"寄书问三川,不知家在否",战乱中亲人流离,赶紧询问家人的消息,这是最要紧的事情了。"比闻同罹祸,杀戮到鸡狗",听到大家在讲战乱中的灾祸,连鸡狗都被杀了。"山中漏茅屋,谁复依户牖",住在这个地方,山里面的茅屋都是漏雨的,哪一家还会有窗户这些东西呢?

整首诗都在讲逃难的情形,从"摧颓苍松根"到"今已十月后",说一封信可能要到十个月以后才收得到。"反畏消息来,寸心亦何有",收到信以后,反而很矛盾,害怕知道信里到底写什么,因为很可能是报丧。"汉运初中兴,生平老耽酒。沉思欢会处,恐作穷独叟",杜甫就是这样描写了自己作为难民的经历与心情。

杜甫在写《石壕吏》的时候,是在关照比他的境况还要惨的人。因为有官位,在逃难当中,多多少少还是受到保护的。可是《石壕吏》中描写到的老太太和老翁,一点屏障都没有。当杜甫特别为这些普通百姓讲话的时候,就将自身的经验扩大出去了。

杜甫有一首五言古诗《北征》,篇幅很长,我们谈谈其中几句:"经年至茅屋,妻子衣百结。恸哭松声回,悲泉共幽咽。平生所娇儿,颜色白胜雪。见爷背面啼,垢腻脚不袜。床前两小女,补绽才过膝。海图坼波涛,旧绣移曲折。天吴及紫凤,颠倒在裋褐。"写逃难到最后,终于见到妻儿了,然而"妻子衣百结",妻儿的衣服已经一个个破洞了。"平生所娇儿",平常最疼的这个孩子,"颜色白胜雪",面色苍白,"见爷背面啼",见到爸爸,转过身去哭,因为"垢腻脚不袜",身体脏得一塌糊涂,脚上连袜子都没有。"床前两小女,补绽才过膝",在床前的两个小女儿,身上补得一块一块的,"海图坼波涛,旧绣移曲折。天吴及紫凤,颠倒在裋褐",旧的官服已经被拆开来做小孩子的衣服,上面的花纹都拆移颠倒了。

年轻的时候常常觉得诗应该很华美,但在经历过生命中的一些事情之后,会觉得大概生活里面最难写的就是上面这些细节了。我童年的时候,也曾有过逃难和安定下来的感觉,在一个异乡落脚,真不晓得妈妈是怎么带大家里六个小孩的。想到这些,忽然能体会杜甫诗中描写的心情。

《闻官军收河南河北》是杜甫常常被引用的一首诗。

闻官军收河南河北

剑外忽传收蓟北,初闻涕泪满衣裳。
却看妻子愁何在,漫卷诗书喜欲狂。
白日放歌须纵酒,青春作伴好还乡。
即从巴峡穿巫峡,便下襄阳向洛阳。

安史之乱以后,官军打败安禄山的军队,收回了河北北部。"剑外"就是剑阁以南,剑阁在四川,正是当时杜甫所在的地方。"初闻涕泪满衣裳",逃难逃了这么久,希望国家安定,知道官军已经收复了河北,不禁大哭起来,满身都是泪。"却看妻子愁何在",妻子从逃难以来老是在发愁,现在看看她怎么样呢?忧愁无影无踪了。"漫卷诗书喜欲狂",草草收拾了书本,高兴得几乎要发狂。

"白日放歌须纵酒,青春作伴好还乡"是非常明显的对仗,这两个句子有一点像李白的风格,我们会发现不是杜甫写不出李白那种肆意浪漫的诗,是因为杜甫后来的遭遇,让他实在是没有心情写这样的诗。杜甫快乐的时候,也懂得人活着应该好好唱唱歌,好好喝喝酒,应该青春作伴,回到故乡。"即从巴峡穿巫峡,便下襄阳向洛阳",这两句诗用了四个地名,很像四个蒙太奇画面,充满了速度感,也让时间得到了加强,表现出他想回家的急迫心情。此处可以看出杜甫惊人的诗歌技巧。

通常讲杜甫的律诗,《登高》会被当作格律最严的例证,可看出他对文字语言惊人的掌握能力。

登 高

风急天高猿啸哀,渚清沙白鸟飞回。无边落木萧萧下,不尽长江滚滚来。万里悲秋常作客,百年多病独登台。艰难苦恨繁霜鬓,潦倒新停浊酒杯。

"风急天高猿啸哀,渚清沙白鸟飞回",一开始就是对仗。"风急天高"都是往上面发展,好像高音,之后的"渚清沙白"都是往低回。前一句是垂直线,后一句是水平线。这边是"猿啸哀",猿很尖锐的凄厉叫声;那边是"鸟飞回",鸟在上面回旋。一个是上升的力量,另一个是下降的力量,美学上的对仗非常明显。一路读下来,整首诗八个句子全部是对仗,这不能不说是律诗的极致。非常惊人,杜甫文学节制的力量比李白还惊人。

晚年悲叹

悲哀的背后是贫穷,他当然是在为自己悲哀,同时也是对民间生活的喟叹

《乾元中寓居同谷县作歌》(七首)是杜甫晚年的作品,我们谈谈其中几个句子。

> 乾元中寓居同谷县作歌七首(其一)
> 有客有客字子美,白头乱发垂过耳。
> 岁拾橡栗随狙公,天寒日暮山谷里。
> 中原无书归不得,手脚冻皴皮肉死。
> 呜呼一歌兮歌已哀,悲风为我从天来。

"有客有客字子美",子美就是杜甫自己。"白头乱发垂过耳",他开始描述自己"糟老头"的形象。"岁拾橡栗随狙公,天寒日暮山谷里。中原无书归不得,手脚冻皴皮肉死",因为没有收到从洛阳捎来的信,所以不能回去,冬天手脚都冻裂了。"呜呼一歌兮歌已哀,悲风为我从天来"写的是他晚年悲叹的感觉。

> 乾元中寓居同谷县作歌七首(其二)
> 长镵长镵白木柄,我生托子以为命。
> 黄精无苗山雪盛,短衣数挽不掩胫。
> 此时与子空归来,男呻女吟四壁静。
> 呜呼二歌兮歌始放,邻里为我色惆怅。

第二首,"长镵长镵白木柄",每天拿着一把圆锹在那边挖地,"我生托子以为命",杜甫必须要种田才能够活下去。"黄精无苗山雪盛,短衣数挽不掩胫",衣服短短的在冬天连脚踝都盖不住。"此时与子空归来,男呻女吟四壁静。呜呼二歌兮歌始放,邻里为我色惆怅",悲哀的背后是贫穷,他当然是在为自己悲哀,同时也是对民间生活的喟叹。

乾元中寓居同谷县作歌七首(其三)
有弟有弟在远方,三人各瘦何人强。
生别展转不相见,胡尘暗天道路长。
东飞鴐鹅后鹙鸧,安得送我置汝旁。
呜呼三歌兮歌三发,汝归何处收兄骨。

第三首诗用了歌曲形式,用到重复的方式。有家人,可是没有办法见面。"有弟有弟在远方,三人各瘦何人强",说三个人都很瘦,哪一个好一点呢?亲人们都一样在过苦日子。"生别展转不相见,胡尘暗天道路长",活生生的却不能在一起,因为战乱导致彼此在不同的地方。

杜甫这三首悲叹遭遇的悲剧,除了写自身,也为大时代留下了沉痛的心声。

小橋山口
蒹葭蒼蒼
見之不見
獨與誰言
白華

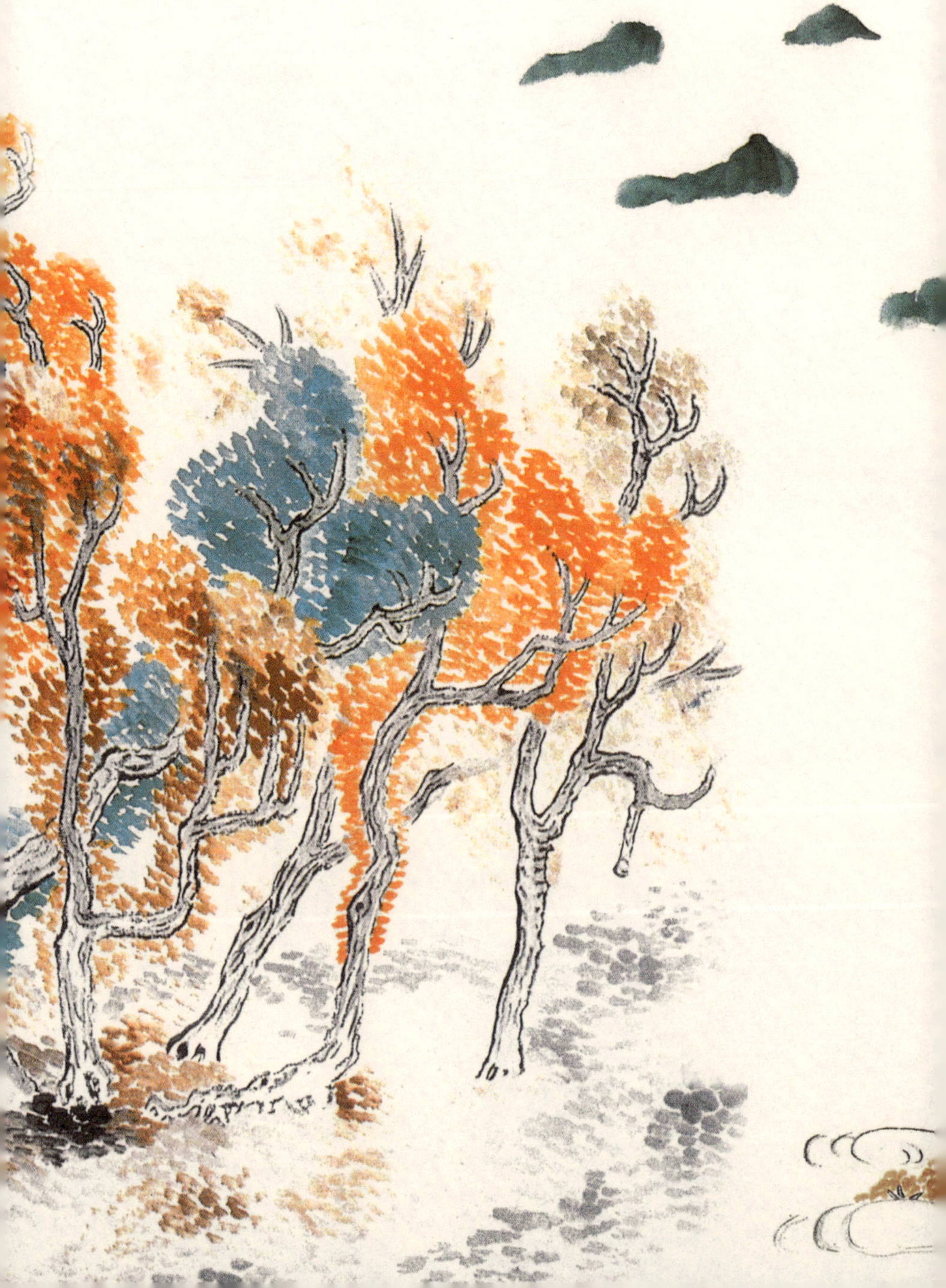

第二章

白居易

蒋勋说唐诗 下

从杜甫到李商隐

惟歌生民病，愿得天子知

文学不只是锦上添花，更应是雪中送炭

白居易非常关注民间，高高在上的执政者是不太了解普通百姓如何生活的。白居易对自己的创作物件有清晰的界定，写的诗要让不识字的老太太听懂，是他作为一个知识分子的心愿。他觉得文学如果只满足上层阶级，是没有意义的。白居易的写作理想是成为民间的发声者，成为民间的代言人。大家在读白居易的一些诗时，会觉得他在努力避开一些生僻的字。所谓"非求宫律高，不务文字奇"（白居易《寄唐生》），是他检验诗作的原则。他对诗的"宫律""文字奇"不是不懂，而是觉得还有更高的追求——对"人"的关怀。

《卖炭翁》是白居易非常著名的一首诗。

卖炭翁

卖炭翁，伐薪烧炭南山中。满面尘灰烟火色，两鬓苍苍十指黑。卖炭得钱何所营？身上衣裳口中食。可怜身上衣正单，心忧炭贱愿天寒。夜来城外一尺雪，晓驾炭车辗冰辙。牛困人饥日已高，市南门外泥中歇。

翩翩两骑来是谁？黄衣使者白衫儿。手把文书口称敕，回车叱牛牵向北。一车炭，千余斤，宫使驱将惜不得。半匹红纱一丈绫，系向牛头充炭直。

一开头是"卖炭翁，伐薪烧炭南山中"，有一点像民歌，一个卖炭的人，砍下树，然后在山里面烧成炭。"满面尘灰烟火色"，烧炭当然是一件辛苦的事情。"两鬓苍苍十指黑"，形容老翁的头发已经斑白，十个手指头都是黑的。这样一位辛勤劳动的老人，"卖炭得钱何所营？身上衣裳口中食",卖炭得来的钱能够做什么呢？也不过就是求饭饱,有衣穿。

这几乎是比汉乐府还要浅白的文字,我觉得白居易选择这种书写方式,是他作为知识分子的自觉,是对把玩文字的一种惭愧。托尔斯泰曾经为创作了《战争与和平》而困扰,他觉得现实中有的人连生活都难以维持,而他的文学却没有关照到这些,我称其为一个知识分子的自觉与自我道德批判。我们不能说在文学史上这一定是正确的想法,因为文字修辞也是重要的,但这样的自觉是非常感人的事。

"身上衣裳口中食",如果是讲究修辞的人,可能会写得非常美,这刚好是白居易努力回避的状态。白居易其实有意把自己作为革命的对象。文学上的反省,最了不起的不是批判别人,而是批判自己。白居易似乎觉得自己写了那么美的诗,好像对整个社会一点好处都没有,所以回过头来,想写一些百姓可以听懂的事情。

"可怜身上衣正单,心忧炭贱愿天寒",这里写到卖炭老翁的矛盾心理。他觉得自己身上衣服很单薄,没有棉衣穿,天气冷了日子就很难过,可是心里又担忧,如果炭卖不出去怎么办,就一直祈祷天再冷一点吧,天冷一点炭才会好卖。作为诗人的白居易,只有真正置身于底层,有过饥寒交迫的经历,才会懂得这种矛盾和痛苦。

"夜来城外一尺雪,晓驾炭车辗冰辙",晚上城外面下了一尺厚的雪,终于有机会卖炭了。破晓时分,老翁就驾着炭车,在雪地当中轧着冰驶过。这当然在讲劳动的辛苦。"牛困人饥日已高",沿路卖炭,卖到牛都疲困了,人也饿得不得了,太阳已经升很高了。"市南门外泥中歇",在城市南门外休息一下。"翩翩两骑来是谁？"忽然看到两匹马非常轻快地跑来,是谁呢？"黄衣使者白衫儿",原来是皇帝的侍从。"手把文书口称敕",拿着皇帝的命令,"回车叱牛牵向北",一句话也不多说,就把牛车往北牵。"一车炭,千余斤,宫使驱将惜不得",就这样,一车炭被带走了,宫使没有任何同情,好像认为老百姓失去这一车炭不是什么大事。"半匹红纱一丈绫,系向牛头充炭直",官家在征收民间财物的时候,会拿一块红纱绑在牛头上,就冲抵价值了。官府征收,仿佛是"天恩",是莫大荣宠,却不顾人民死活。

这首诗描写了一个社会悲惨现象,而这个现象,很可能是我们读文学、读历史时不容易触碰到的。白居易这些知识分子出于一种自觉,开始用自己的良心去做记录,要让人们知道当时底层人的生存状况。

唐朝的官吏在被贬下放的时候,会接触到民间,如果这可以唤起社会良知,会是一个非常好的启蒙运动。事实上,在唐朝,权贵阶级与下层阶级之间的对立非常严重,到宋朝好了一点,但还是没有得到彻底的改善。有时候知识分子会趋附于上层阶级,去压迫老百姓,不要忘记,拿着红纱把牛头绑一绑就可以"口称敕",也都是知识分子制定出来的政策。有时候,知识分子也会帮助老百姓去对抗权贵的压迫。知识分子在这种状况下,始终在权力者与人民间游离。

在韩愈悼念柳宗元的文章里,为什么会那么强烈地歌颂柳宗元?因为韩愈觉得这样的知识分子太少了,是应该被标举的。韩愈所谈的道德理念,从《祭十二郎文》,到《送孟东野序》《送李愿归盘谷序》,再到《柳子厚墓志铭》,以及柳宗元写的《捕蛇者说》,最后到白居易写的《卖炭翁》,一种关注百姓的社会思想慢慢完整起来。这些知识分子努力让自己接近可能他们已经有一点远离的民间。韩愈因为出身很苦,比较了解民间。柳宗元是世家子弟,可能一开始并不了解,最后也有了不同程度的自觉。白居易也是如此。这群人构成了唐朝非常重要的道德自觉的力量。

在文学史上,大家熟悉的白居易,是写出《长恨歌》《琵琶行》这两首文学成就非常高的诗的诗人。可是我们要知道,白居易到了晚年,也许希望能够流传的是《新丰折臂翁》或者《卖炭翁》。我想这里面有一种心痛，一个社会上如果有这样一群贫苦的人存在，还要吟唱《长恨歌》，他会觉得不安吧。后来白居易与元稹共同推行社会道德的自觉运动，希望文学能够走向非常浅白的道路，能够真正与社会改革结合起来。我在年轻的时候，读到这种"文以载道"的文学的时候，甚至是有一点反感的，觉得里面有很多八股教条，可是今天却觉得他们对自己的反省与批判非常动人。知识分子最可贵的一部分，是对自己道德不完美的检讨。有时候我们常常会误认为道德是拿来批判别人的，其实不是。韩愈、柳宗元、白居易，都对自我进行了反省与批判。

柳宗元写过一篇《钴鉧潭西小丘记》。他去看山水，觉得山水好美，有一家人实在受不了税赋了，要把潭边的田地卖给他。柳宗元买了下来，修建台子，用来中秋赏月。柳宗元是世家子弟，通常一个文人在清风明月下欣赏山林的时候，不会记得这块地原来是老百姓用来生活的，柳宗元了不起的地方就是他很诚实，把这些都记录下来。他喜欢山水，但拥有山水的人已经活不下去了，然后他有了山水。那么柳宗元属于哪一个阶层呢？他对抗权贵被贬了官，可是在当地，他还是一个权贵。他买了当地老百姓的地，他问自己是不是应该喜欢这个地方，决定永远住在这里，不再回京城了。这里有很多伏笔。这类知识分子很想改换自己，中间又充满矛盾。

爱山水没有错，而如果因为爱山水，去买老百姓的地（就像今天在农地上盖豪宅），则会使老百姓失去祖居的地。其中的矛盾在柳宗元的文章里表达得特别清楚。我希望大家在看白居易、柳宗元的作品时，都可以看到他们的矛盾，这也刚好展现了他们的可爱之处。比如，在《捕蛇者说》中，柳宗元就透露了自己的无奈，面对庞大的国家机器和顽固的体制，个人的力量实在微薄。权力者往往比"蛇"还毒。

白居易写了《新乐府》诗。汉代的乐府负责到民间收集民歌，记录下来呈给皇帝，让皇帝了解民情。乐府中保留了很多民间生活的真实细节。魏晋以后，乐府的传统中断了，唐以后曾经有一种"仿乐府"诗，李白、杜甫都写过。白居易希望《新乐府》能够"系于意，不系于文"，就是说能够真正把意思传达出来，而不要在意文辞修饰。这与"古文运动"的主旨关系密切，白居易说"其言直而切"，就是文字要直接、切中要害，把话讲出来。他已经感觉到文学被装饰得太厉害，真正的主题被掩盖了。他的目的非常清楚："欲闻之者深诫也。"听到的人，能够真正去改正一些事情，就像《卖炭翁》，他绝不希望人们只是把它当成文学作品来欣赏，而是希望读过以后能够废掉不合理的制度。他希望"为君、为臣、为民、为物、为事而作，不为文而作也"，什么都可以，就是不要为文而文。白居易对自己的文学创作有一种期待，比如他写过一首《寄唐生》。

寄唐生

贾谊哭时事，阮籍哭路歧。唐生今亦哭，异代同其悲。
唐生者何人？五十寒且饥。不悲口无食，不悲身无衣，
所悲忠与义，悲甚则哭之。太尉击贼日，尚书叱盗时；
大夫死凶寇，谏议谪蛮夷。每见如此事，声发涕辄随。
往往闻其风，俗士犹或非。怜君头半白，其志竟不衰。
我亦君之徒，郁郁何所为？不能发声哭，转作乐府诗。
篇篇无空文，句句必尽规。功高虞人箴，痛甚骚人辞。
非求宫律高，不务文字奇。惟歌生民病，愿得天子知。
未得天子知，甘受时人嗤。药良气味苦，琴淡音声稀。
不惧权豪怒，亦任亲朋讥。人竟无奈何，呼作狂男儿。
每逢群动息，或遇云雾披；但自高声歌，庶几天听卑。
歌哭虽异名，所感则同归。寄君三十章，与君为哭词。

"非求宫律高,不务文字奇。惟歌生民病,愿得天子知",这与"古文运动"之间有某些呼应关系,白居易觉得"郁郁何所为?不能发声哭",心里面的郁闷,如何能够转换为乐府诗篇?"篇篇无空文,句句必尽规",他认为文学里的格律、形式、文字不是那么重要,真正要关心的只有三个字"生民病",也就是老百姓的痛苦。"未得天子知,甘受时人嗤",如果写出这样的东西天子看了没有感觉,他愿意被大家嘲笑。这是非常大胆的言论。皇帝看了都不懂吗?执政者没有感觉吗?这些人后来为什么被贬官?可能皇帝根本都没有看到,他就已经被贬了。事实上,是整个利益集团而不仅仅是一个皇帝在压迫百姓,所以这群文人就不断地在政治上受到压迫。

"药良气味苦",这样的东西是好的,可以改革社会,大家可能都不愿意"吃",因为它就像药一样苦。"瑟淡音声稀",这个瑟不华丽,不会让大家觉得很美。"不惧权豪怒,亦任亲朋讥",韩愈为柳宗元写的墓志铭中,也有类似的诗句。写这样的诗要不惧怕权贵豪门,不怕被朋友亲戚嘲笑。在那个时代,所谓知识分子的良知与自觉,要面临如此大的压力。

从上面的《寄唐生》这首诗里面,可以很明显地看到白居易对自己的勉励,在灾难与被贬的痛苦中,他还在提醒自己是为什么做这些事情,而且无怨无悔。

《新丰折臂翁》这首诗就是希望不要再为了开疆拓土而打仗了,不论国家多么强盛伟大,还是看看老百姓受了什么苦吧。

新丰折臂翁

新丰老翁八十八,头鬓眉须皆似雪。玄孙扶向店前行,左臂凭肩右臂折。
问翁臂折来几年,兼问致折何因缘。翁云贯属新丰县,生逢圣代无征战。

惯听梨园歌管声，不识旗枪与弓箭。无何天宝大征兵，户有三丁点一丁。
点得驱将何处去？五月万里云南行。闻道云南有泸水，椒花落时瘴烟起。
大军徒涉水如汤，未过十人二三死。村南村北哭声哀，儿别爷娘夫别妻。
皆云前后征蛮者，千万人行无一回。是时翁年二十四，兵部牒中有名字。
夜深不敢使人知，偷将大石捶折臂。张弓簸旗俱不堪，从兹始免征云南。
骨碎筋伤非不苦，且图拣退归乡土。此臂折来六十年，一肢虽废一身全。
至今风雨阴寒夜，直到天明痛不眠。痛不眠，终不悔，且喜老身今独在。
不然当时泸水头，身死魂飞骨不收。应作云南望乡鬼，万人冢上哭呦呦。
老人言，君听取。君不闻开元宰相宋开府，不赏边功防黩武？
又不闻天宝宰相杨国忠，欲求恩幸立边功？
边功未立生人怨，请问新丰折臂翁。

"新丰老翁八十八，头鬓眉须皆似雪"，八十八岁的老翁头发、眉毛都已经白了。"玄孙扶向店前行"，玄孙扶着他往前面的店铺走，文字非常简单。"左臂凭肩右臂折"，左边的手臂扶在玄孙肩上，右边的手臂折断了。白居易"问翁臂折来几年"，即你这只手臂断了有多少年，"兼问致折何因缘"，到底什么原因导致手臂折断？

"翁云"，这位老先生说话了。大家会回想到杜甫的《石壕吏》，都是用民间的语言。"翁云贯属新丰县"，他们家住在新丰县。"生逢圣代无征战"，他生在没有打仗的承平时代。"惯听梨园歌管声"，从小就听着民间的戏曲长大。"不识旗枪与弓箭"，不太懂得怎么射箭或者拿枪。"无何天宝大征兵"，天宝年间忽然大征兵。"户有三丁点一丁"，一家有三个男孩就有一个男孩要被征兵。这已经比杜甫描写的景况要好很多，杜甫写的是"……三男邺城戍。一男附书至，二男新战死"，因为那个时候战争已经到了沸点，连法律都不遵守了。

"点得驱将何处去？五月万里云南行"，这些人被征了兵以后到哪里去？五月非常热的时候，往云南走。"闻道云南有泸水，椒花落时瘴烟起"，当时北方人对云南根本不了解，只有很多传说。"大军徒涉水如汤，未过十人二三死"，光是渡过泸水的时候，十个人当中就有两三个人死掉了。"村南村北哭声哀，儿别爷娘夫别妻"，抓兵时，村南村北都是一片哭声，儿子告别爸爸妈妈，丈夫告别妻子。"皆云前后征蛮者，千万人行无一回"，大家都说千万人中，没有一两个人能回来。

"是时翁年二十四，兵部牒中有名字"，那年老翁二十四岁，兵部的征兵手册里面有他的名字，所以"夜深不敢使人知，偷将大石捶折臂"，夜晚的时候不敢让别人知道，偷偷拿一块大石头把自己的手臂砸断。这在当时是触犯法律的事，白居易在用报告文学的方法讲战争在民间引发的恐惧。"张弓簸旗俱不堪，从兹始免征云南"，这样才避免了到云南去。"骨碎筋伤非不苦"，骨头碎了，筋受伤了，当然很痛苦，"且图拣退归乡土"，至少觉得自己还能够活着，就算残废了，也还在家乡。"此臂折来六十年，一肢虽废一身全"，这六十多年间，一只手臂废掉了，至少一身保全。想想被抓去当兵的人，大概都死掉了，都没有回来。"至今风雨阴寒夜，直到天明痛不眠"，现在一下雨，手臂是酸痛的，"痛不眠，终不悔"，可他还是不后悔，因为"且喜老身今独在。不然当时泸水头，身死魂飞骨不收。应作云南望乡鬼，万人冢上哭呦呦"。

我们可以看到白居易开始批评政治，他从老人折臂这件事入手，批评国家的制度。谈到天宝年间的宰相杨国忠，"又不闻天宝宰相杨国忠，欲求恩幸立边功"，为了让皇帝宠幸他，为了掌握权力，不惜发动战争。"边功未立生人怨，请问新丰折臂翁"，战功还没立，就引起民间这么大的怨恨，如果不信，你应该来问问新丰这个折臂老人。白居易用诗记录了令人心痛的历史事件。

一个巨大的知识分子自觉运动开始兴起，普通百姓，不管是捕蛇的人、折臂的人,还是卖炭的人,都变成了中国文学的主角。知识分子成为普通百姓的代言人。在《新丰折臂翁》中,白居易只是在后面出来讲了几句话,大部分是老人在讲。诗人只是替那些没有发言权的人去发言,这与"古文运动"的本质精神相关。

《买花》这首诗经常被人提到。

买 花

帝城春欲暮,喧喧车马度。
共道牡丹时,相随买花去。
贵贱无常价,酬值看花数。
灼灼百朵红,戋戋五束素。
上张幄幕庇,旁织笆篱护。
水洒复泥封,移来色如故。
家家习为俗,人人迷不悟。
有一田舍翁,偶来买花处。
低头独长叹,此叹无人谕。
一丛深色花,十户中人赋。

贵族喜欢牡丹,牡丹没有固定的价格,要看花的品种是否容易取得。爱花这件事情没有什么不好,可是诗人慢慢感觉到一种社会阶级之间的对立。因为"有一田舍翁",忽然出来了一个农民。过去中国的诗里很少出现这种人,白居易的诗里却出现了。"有一田舍翁,偶来买花处。低头独长叹,此叹无人谕",所有买花的人都不知道他为什么叹气,他说:"一丛深色花,十户中人赋。"这样一丛花的价钱等于十户中等人家的赋税。

白居易的意图已经越来越明显,他就是想使他的文学变成重要的社会批判力量。本来阅读文学的人都试图要读到美,他现在要写的,却可能是让读者心里不安。当然白居易不能希望每一个人读完以后立刻会有改变，他只是希望可以形成另一个不同的文学发展方向。白居易中年以后，明显地使自己的文学变成一种革命力量。他在做文学革命，他已经不在意人家说他的诗好或不好。很多人读这样的诗，会觉得意识形态色彩太强了，文字很浅白，没有文学性。重要的是，从着力于"新乐府诗"开始，他就声明所重视的已经不再是文字，而是内在的意义能否令大家有一点觉悟与反省。《卖炭翁》当中有"翩翩两骑来是谁……手把文书口称敕"，"敕"只有皇帝可以用，这个时候白居易非常大胆地在直接批判皇帝，拿着"敕书"的人，就可以把百姓的财富随便抢走，这简直是把官家当强盗来看待，里面的批判性非常强。当然白居易这么直接去批判皇室，一定会有后果的，很多人都是靠着皇室权威吃饭，他得罪了利益集团，最后当然就被贬官。

《上阳白发人》谈的是痴男怨女的孤独。

上阳白发人

上阳人，红颜暗老白发新。绿衣监使守宫门，一闭上阳多少春。
玄宗末岁初选入，入时十六今六十。同时采择百余人，零落年深残此身。
忆昔吞悲别亲族，扶入车中不教哭；皆云入内便承恩，脸似芙蓉胸似玉。
未容君王得见面，已被杨妃遥侧目。妒令潜配上阳宫，一生遂向空房宿。
宿空房，秋夜长，夜长无寐天不明；耿耿残灯背壁影，萧萧暗雨打窗声。
春日迟，日迟独坐天难暮；宫莺百啭愁厌闻，梁燕双栖老休妒。
莺归燕去长悄然，春往秋来不记年。
惟向深宫望明月，东西四五百回圆。今日宫中年最老，大家遥赐尚书号。
小头鞋履窄衣裳，青黛点眉眉细长；外人不见见应笑，天宝末年时世妆。
上阳人，苦最多。少亦苦，老亦苦，少苦老苦两如何？
君不见昔时吕向《美人赋》；又不见今日上阳白发歌！

"上阳人,红颜暗老白发新。绿衣监使守宫门,一闭上阳多少春。玄宗末岁初选入,入时十六今六十",这里描写的场景是在美术史中,张萱、周昉的那些画作里时常看到的,当初选三千人进宫,十六岁选进去,直到六十岁都没有见到皇帝,一辈子就没有了。这些女子从红颜到白发,不过是帝王的牺牲者。从来没有人敢讲,可是白居易讲了,他觉得这些少女的生命怎么可以这样被糟蹋,皇室的排场与妃嫔的制度使这些少女受到很大的伤害。白居易说:"同时采择百余人,零落年深残此身。"当时与她一起选进来的那上百人,这些年也都老了,有的死掉了,与家人没有机会见面,也可能一辈子都见不到皇帝,在冷宫里面住着。

十六岁被选入宫中,告别家人,"扶入车中不教哭",怎么能哭?这是荣耀。白居易从百姓的角度开始批判皇家的荣耀。"皆云入内便承恩",大家都和她说你不能哭,一到皇宫,就要开始接受皇帝的宠幸。"脸似芙蓉胸似玉",这是描写青春的美。"未容君王得见面",事实上根本没有机会见到君王,"已被杨妃遥侧目",那个时候被专宠的杨贵妃看一眼,就被发配到上阳宫去了。"妒令潜配上阳宫,一生遂向空房宿",她的一生就在一间空房子里度过。

我们常常觉得同情就是在高高在上的位置,去施舍一些我们觉得可怜的对象。我觉得这是世俗对同情的一个误解,白居易的同情是他把自己变成那个人,他写《卖炭翁》时就变成卖炭翁,写《新丰折臂翁》时就变成折臂翁,现在白居易写这个他应该很不了解的十六岁就进宫、然后被打入冷宫的女子一生的惆怅,竟然这么女性化。在《琵琶行》里,他碰到一个年老色衰的女子,忽然说:"同是天涯沦落人,相逢何必曾相识!"这绝对是一种感同身受,也就是我所说的"同情"。一个好的文学家让自己设身处地,才是真正的同情。所以我们会感觉到好像他就是一个宫女,备受

冷落，青春一直这样过去，没有任何其他可能。死一般地活着，任岁月无情地走过，从十六岁走到六十岁。

结尾部分说："上阳人，苦最多。少亦苦，老亦苦，少苦老苦两如何？君不见昔时吕向《美人赋》○；又不见今日上阳白发歌！"白居易在做对比，过去吕向写过《美人赋》，讽刺"密采艳色"的做法，现在白居易希望大家看一看他写的"上阳宫人白发歌"。文学不只是锦上添花，更应是雪中送炭。文学有另外一个职责是真正使人类的灾难、苦难、孤独和寂寞被人听到，而不是仅仅去歌功颂德。

○《美人赋》，作者自注："天宝末，有密采艳色者，当时号'花鸟使'，吕向献《美人赋》以讽之。""花鸟使"的工作是选天下绝色美女。吕向于开元十年（722）被召入翰林院，兼集贤院校理。

对生命的丰富关怀

对一朵花都会尊重，都会疼惜，
这才是文学真正的力量

这里面当然牵扯到白居易自己对文学的定位。他用很直接的表达方式去写民间受到赋税压迫活不下去的哀伤。如果白居易认为他早期的诗没有意义，是不是我们今天不该读他早期的作品？我们会发现文学真的是两个矛盾同时在调整，文学本身绝对有对生命丰富的关怀。像《买花》这一类的《新乐府》诗，就比较倾向于对社会道德层面的评价。

我觉得必须把两部分结合起来，作为一个诗人的白居易才完整。我的意思是说，白居易的同情在《琵琶行》里也扩大了，在《长恨歌》里也扩大了。文学关心的层面非常多，一个手臂折断的人的悲哀，一个从没有见到君王的白发宫女的悲哀，当然值得同情。可是"悲哀"还有其他不同层次，《琵琶行》中"老大嫁作商人妇"的女子，弹着琵琶叙述自己的故事，也是一种悲哀。

白居易怀念朋友刘十九，两人很久没见面，白居易就作了一首《问刘十九》给刘十九。

问刘十九

绿蚁新醅酒，红泥小火炉。
晚来天欲雪，能饮一杯无。

刚刚酿好的酒上面，浮着一层微绿的酒渣，像蚂蚁一样。让炉火热熟酒吧，冬天很冷，要下雪了，你要不要过来喝一杯酒？只有二十个字，就把对朋友的思念写得淋漓尽致。诗中的颜色非常美丽，又有冷与暖之间的对照,这么有色彩感!文字用得这么完美,可是又这么简洁。

白居易会不会觉得这首诗对于百姓没有什么好处,也要删掉?我在读白居易的时候非常矛盾,替他矛盾,也替自己矛盾。在家里,也常常觉得有那么好的茶叶,不如泡一壶茶,找一个朋友来,看到白居易的文学理论,会觉得这样是不是太贵族了,太文人气了。白居易自己也懂这是生活里面小小的品味和情调。我们不能因为读了《卖炭翁》《新丰折臂翁》,就觉得这部分应该完全从生活里面消失。也许我们会发现卖炭翁、折臂翁的生活里未尝没有这种情调,他们也会烧个小火炉,烤点鱼,几个朋友一起来喝一点酒。我觉得"古文运动"最了不起的地方是对于自己的道德自觉,对自己在社会里的定位有多一重的思考,也会在专业领域或者在生活当中对人有更多一点的同情。我想这是非常可贵的。爱生命的美,也有对生命的不忍吧。

我特别希望大家可以同时读白居易的两类作品。把《花非花》放在《新丰折臂翁》旁边,真的像两个诗人写的东西。白居易内心有一种痛苦,路上有人被冻死、饿死,还有卖炭翁遭遇的悲惨,他应该到街头去看这些人的生活,这是一种出于良知的惭愧,他有一点强迫自己进入一个令他痛苦的世界。同时他又懂得美,我们看一下这首《花非花》。

花非花
花非花,雾非雾,夜半来,天明去。
来如春梦几多时?去似朝云无觅处。

白居易觉得生命不是那么清楚,也不是那么确定,对于生命有一种幻灭、一种怅然、一种对华丽不可把握的感觉。他可能在讲青春吧,因为他不是在讲花,不是在讲雾,也不是在讲梦。这有一点像象征派的诗,很像李商隐的风格。我们看到社会意识与道德主张这么强的诗人,竟然有如此

浪漫的部分。

我觉得白居易的矛盾是我们心里的矛盾,我爱美,爱美不见得与社会道德感冲突,因为公理与正义的推展也包含着美的共同完成。一个人如果有性情上的美作为基础,在任何职位上,他要做的东西都是对的,这就是人性。有对于美的基础认同,每一步做起来都是人性的本质。

另外,《慈乌夜啼》用各种象征去诠释生命里的各种可能,我们今天的诗人未必能够写出这么好的生命感觉。

慈乌夜啼

慈乌失其母,哑哑吐哀音。
昼夜不飞去,经年守故林。
夜夜夜半啼,闻者为沾襟。
声中如告诉,未尽反哺心。
百鸟岂无母?尔独哀怨深。
应是母慈重,使尔悲不任。
昔有吴起者,母殁丧不临。
嗟哉斯徒辈,其心不如禽!
慈乌复慈乌,鸟中之曾参。

"慈乌失其母,哑哑吐哀音",这是写鸟失去母亲以后的悲哀。接下来

的诗句，我们看到白居易越来越有一种道德意图，觉得一首诗应该清楚地传达意义，即使写鸟，也要写出鸟对于母亲的反哺没有完成的哀伤，如果人们连这点都做不到，那就禽兽不如了。读《慈乌夜啼》与读《花非花》，是非常不同的感觉。

我觉得文学的功能在社会里是非常多重的，而不是变成教条。"花非花，雾非雾，夜半来，天明去"开放了另外一个美学领域，这个领域开了以后，人对于人的爱，对于生命的尊重，已经不是孝顺母亲的问题，而是对一朵花都会尊重，都会疼惜，这才是文学真正的力量。

如果要求文学艺术必须直接对社会有所改善，有可能带来不好的后果，尤其在穷困和没有人性的年代。另一个关键是，白居易在道德觉醒之后才写《卖炭翁》，真正的道德自觉应该是发自每一个知识分子的内心，而不带有某种政治目的。

《长恨歌》——本事

他单纯写一个男子被一个美人惊动以后的专注

　　写《长恨歌》时候的白居易年纪不大，三十岁左右，在陕西做一个小官，听到别人讲五十年前唐明皇与杨贵妃是经过这一带到四川去的。

　　安禄山造反之后，战争发生。有一天早上，皇宫的宫门打开，有一队人马往西去。老百姓都不知道发生了什么事，原来是密报来了，说潼关已经破了，京城即将不保。皇帝匆匆忙忙带着重要的大臣、贵妃，由三军护卫出了城。到了马嵬坡，军队要求杨家的权力受到约束，杨贵妃被赐死。这样一个事件，在当地一直被传述，五十年之后，白居易写了《长恨歌》。

长恨歌

汉皇重色思倾国，御宇多年求不得。杨家有女初长成，养在深闺人未识。
天生丽质难自弃，一朝选在君王侧。回眸一笑百媚生，六宫粉黛无颜色。
春寒赐浴华清池，温泉水滑洗凝脂。侍儿扶起娇无力，始是新承恩泽时。
云鬓花颜金步摇，芙蓉帐暖度春宵。春宵苦短日高起，从此君王不早朝。
承欢侍宴无闲暇，春从春游夜专夜。后宫佳丽三千人，三千宠爱在一身。
金屋妆成娇侍夜，玉楼宴罢醉和春。姊妹弟兄皆列土，可怜光彩生门户。
遂令天下父母心，不重生男重生女。
骊宫高处入青云，仙乐风飘处处闻。缓歌慢舞凝丝竹，尽日君王看不足。
渔阳鼙鼓动地来，惊破《霓裳羽衣曲》。
九重城阙烟尘生，千乘万骑西南行。
翠华摇摇行复止，西出都门百余里。六军不发无奈何，宛转蛾眉马前死。

花钿委地无人收，翠翘金雀玉搔头。君王掩面救不得，回看血泪相和流。
黄埃散漫风萧索，云栈萦纡登剑阁。峨嵋山下少人行，旌旗无光日色薄。
蜀江水碧蜀山青，圣主朝朝暮暮情。行宫见月伤心色，夜雨闻铃肠断声。
天旋日转回龙驭，到此踌躇不能去。马嵬坡下泥土中，不见玉颜空死处。
君臣相顾尽沾衣，东望都门信马归。
归来池苑皆依旧，太液芙蓉未央柳。芙蓉如面柳如眉，对此如何不泪垂？
春风桃李花开夜，秋雨梧桐叶落时。西宫南苑多秋草，落叶满阶红不扫。
梨园弟子白发新，椒房阿监青娥老。夕殿萤飞思悄然，孤灯挑尽未成眠。
迟迟钟鼓初长夜，耿耿星河欲曙天。鸳鸯瓦冷霜华重，翡翠衾寒谁与共？
悠悠生死别经年，魂魄不曾来入梦。
临邛道士鸿都客，能以精诚致魂魄。为感君王辗转思，遂教方士殷勤觅。
排空驭气奔如电，升天入地求之遍。上穷碧落下黄泉，两处茫茫皆不见。
忽闻海上有仙山，山在虚无缥缈间。楼阁玲珑五云起，其中绰约多仙子。
中有一人字太真，雪肤花貌参差是。金阙西厢叩玉扃，转教小玉报双成。
闻道汉家天子使，九华帐里梦魂惊。揽衣推枕起徘徊，珠箔银屏迤逦开。
云鬓半偏新睡觉，花冠不整下堂来。风吹仙袂飘飘举，犹似霓裳羽衣舞。
玉容寂寞泪阑干，梨花一枝春带雨。
含情凝睇谢君王，一别音容两渺茫。昭阳殿里恩爱绝，蓬莱宫中日月长。
回头下望人寰处，不见长安见尘雾。惟将旧物表深情，钿合金钗寄将去。
钗留一股合一扇，钗擘黄金合分钿。但令心似金钿坚，天上人间会相见。
临别殷勤重寄词，词中有誓两心知。七月七日长生殿，夜半无人私语时。
在天愿作比翼鸟，在地愿为连理枝。天长地久有时尽，此恨绵绵无绝期。

　　从《诗经》《楚辞》以后，中国很少有长篇史诗。《长恨歌》和《琵琶行》的重要性在于让我们看到中国人善于写精简短诗的风气被白居易改变了。《长恨歌》中那种大篇章进行历史叙事的能力非常惊人。一个写

"松下问童子,言师采药去"(出自贾岛的《寻隐者不遇》)这种精简绝句的诗人,不一定能够写出这种长篇史诗。希腊有长篇史诗,印度也有,中国很少有史诗传统,我想这与文字结构有关,与文字本身涵盖的力量有关。我觉得直到今天,《长恨歌》和《琵琶行》还是非常重要的文学模板,因为这两首诗能够押韵,有诗的节奏、结构,还能清楚地叙事。

"汉皇重色思倾国","汉皇"在此借汉说唐,是在讲唐明皇,这个皇帝因为"重色",所以"思倾国",每天都在寻找有倾国倾城美貌的女子。"御宇多年求不得",这个皇帝统治天下这么多年,老是找不到让他满意的。与《上阳白发人》做对比,会感觉到有趣,白居易写过对美的寻找,又写了这种寻找里的残酷。

"杨家有女初长成,养在深闺人未识",让人感觉到用任何语言去写少女的青春,都没有"初长成"好,好像在发芽一样。生命的美刚刚透露出来的那种新鲜的气息,几乎扑面而来。五官长得好不好都不重要,只是生命一种清新的力量。她一直在家里面住着,也没有人知道她美。

白居易如果只有社会意识,是写《新丰折臂翁》和《卖炭翁》的状态,不会懂得欣赏这种美。无论如何,《长恨歌》和《琵琶行》用字的准确,对于画面的精彩形容,对于人的同情,都值得好好欣赏。《长恨歌》如果是白居易从写《卖炭翁》的角度去写,可能会变成另外一首诗。折臂翁为什么折臂?因为天宝年间要征兵。如果折臂翁是主角,唐明皇就是最大的祸因。但是,我们看到白居易在写《长恨歌》的时候,他的同情甚至扩大到了唐明皇身上,他感觉到一个男子在爱情上的不能完成,是非常大的哀伤。

《长恨歌》读起来非常感人,会令人忘掉唐明皇是皇帝。唐明皇本身也非常矛盾。如果从道德、伦理和社会习俗去讲,他有许多可以被批判的部分。这个"养在深闺人未识"的美丽女子,嫁给了唐明皇的儿子寿王，成为寿王瑁妃。在家族宴会当中，唐明皇看到儿媳妇这么美，硬是抢过来。这背后隐藏了很多让我们非常惊讶的事情，白居易在写这个故事的时候，把这些社会性的东西全都去除了。他单纯写一个男子被一个美人惊动以后的专注，我不知道这与《花非花》的美学精神有没有关系。从历史上去看唐明皇，他有很多值得批判的地方；从美学上去看唐明皇，就觉得他留下来的那种美的崇高性，让人非常感动。

白居易把发生在五十年前的事，用非常完整的结构叙述出来。第一大段大概在讲女子美的长成。"天生丽质难自弃"，真正的美会惊动人间。春天花的开放也是如此，会使人对美有无法言喻的一种亲近。如果是一个意识形态强烈的诗人，很可能会觉得她是一个祸水。白居易就写她真的是美，美没有罪过，青春美的绽放，像花一样，让人感动。"一朝选在君王侧"，也许错误只是后来到了"君王侧"，如果没有这些，美只是天生丽质。

"回眸一笑百媚生，六宫粉黛无颜色"，这是在形容女子的美。回眸一笑

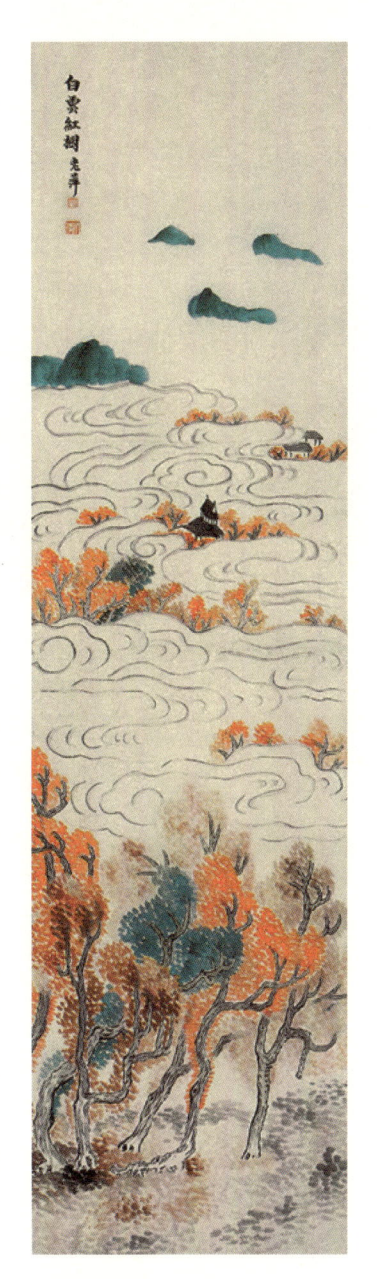

里面有动作，有旋转，有委婉，有很多好像要消失，可是又刹那出现的美。"回眸"中的"回"字，本身有曲线的意义在里面。回眸一笑，不呆板，有更生动的感觉。

后面是"六宫粉黛无颜色"，皇宫里面所有美丽的女子，她们全部黯然失色了，白居易用这种方式突显一个发亮的生命状态。我们在这里可以看到写《新丰折臂翁》和《卖炭翁》的白居易非常懂美，写出心里面的真实感觉，他对美的事物是有所追求的。这是他与一般社会意识强的诗人很不同的地方。

"春寒赐浴华清池"，在春天寒冷的时候，皇帝赐她去华清池泡温泉。"温泉水滑洗凝脂"，用"凝脂"去形容女性肉体的某一种质感，尤其是唐朝那种比较饱满丰盈的身体，用字到了精准的程度。这是中国文化中比较少有的对女性身体的描写，是很健康的描述，没有让人感觉到淫欲，就是单纯描述皮肤的美。

"侍儿扶起娇无力"，我经常不太能够想象为什么唐朝的女人这么胖，可是又这么娇。照理讲她应该很壮，可是她同时又很娇弱。在造型美术上，她的身体非常圆胖，眉眼和手，还有嘴角的部分非常细腻，唐朝综合了雄壮与纤细两种精神。

白居易对女性身体的形容，表现出一种慵懒的美，刚好也是唐朝女性最常有的美学感觉。"始是新承恩泽时"，"承恩泽"可以解释成与皇帝发生关系。这一段对女子肉体的直接描述，以及皇帝对她的宠爱，都写得比较直接。

"云鬓花颜金步摇，芙蓉帐暖度春宵"，一个受宠爱的妃子，梳着唐朝的那种高发髻。什么叫"金步摇"？就是古代一种插在头发上，垂下来的黄金首饰，走路的时候会随着身体摇动。"芙蓉帐暖度春宵"，放下用芙蓉花的花色染出来的薄薄纱帐，讲他们每天晚上如此相爱。下面是"春宵苦短日高起,从此君王不早朝"。

这里面的结构一直在转,步步推进。白居易关注很多细节,从这个杨家女孩长成,到她很美,被选到皇帝的身边,到她回眸一笑,得到了皇帝的宠爱,到赐浴华清池,到承恩泽,到云鬓花颜被打扮起来,到芙蓉帐暖度春宵,到君王沉溺于她的美,从此早上都不愿意去上朝了,一步一步讲下来。

我刚才提到"同情"这个词,意思是说,从批判的角度与从同情的角度写,这首诗会非常不一样。当我们看到"春宵苦短日高起",会有同情的原因是什么?因为可能每一个人都有类似的感受,一旦发现美、感觉到美的时候,我们会沉溺,会眷恋那种美。白居易没有批判这种眷恋,相反他觉得这种眷恋是可以理解的,所以他才写"春宵苦短日高起"。我们了解人在欢爱的眷恋当中的沉溺之深,如果唐明皇只是一个普通男子,也许我们会称之为深情男子,可惜他是君王,就牵涉到另外一些问题。

在这里,白居易用同情的方法,尽量把君王的角色慢慢拿掉,而变成一个中立的男子的角色,所以"从此君王不早朝"有一点像李白《清平调》写的"常得君王带笑看",都是沉溺,都是对美的眷恋。唐明皇认识杨贵妃时,是中年以后。他是一个经过政变取得权力、功业彪炳的帝王。他是一个有才能的男子,把国家治理得非常好,历史上称为"开元盛世"。这种人物常常在中年以后有一种幻灭感,会觉得我做了这么多事,意义何在?其实这些人是爱美的,唐明皇又是一个很好的鼓手,在梨园里打鼓,是一个艺术家。他感觉到自己君王的部分满足了,可是艺术家的部分没有满足,就想追求浪漫的那部分。他中年以后碰到十六岁的杨贵妃,就有了美的惊动。

毕加索在六十岁左右碰到吉洛的时候,也是这种感觉。碰到一个年轻的女孩,他一下子呆掉了,在超级市场追着她跑,完全忘掉他自己不应该这么失态。男子在某一个年龄，他的身体感觉到她，因为身体的转换是非常明显的，而那个明显的转换里，他想抓激情的东西。唐明皇在杨贵妃的身上想要抓住青春的激情，这个恋爱当然一定是一发不可收。电影《失乐园》也是描述，到这个年龄这样去追求激情，是很麻烦的。

下面是对他们欢爱的形容，"承欢侍宴无闲暇"，承皇帝之欢，陪侍君王饮宴，这是讲杨贵妃的忙碌。"承欢侍宴无闲暇，春从春游夜专夜"，两个"春"、两个"夜"，春天两人相携游玩，夜晚连绵不断，都是跟这个女人在一起。专属他们的春天，专属他们的夜晚，天长地久，他们这样沉溺。

"后宫佳丽三千人，三千宠爱在一身"，我们可以感觉到白居易在形容一个被宠爱的女子的美，以及她受的这种专宠。同时，我们开始看到一个在恋爱激情中的男子迷失的感觉。原本唐明皇是一个聪明的皇帝，可是一下昏了头，于是在历史上留下这么动人的浪漫故事。这首诗在日本流传很广，每到樱花季节，很多人坐在树下，拿着酒，唱出来的都是翻译成日文的《长恨歌》。日本人日常生活规矩、理性，也许他们看到唐明皇那样浪漫，就很欣赏。"金屋妆成娇侍夜，玉楼宴罢醉和春"，非常漂亮的对仗句子，用金玉堆砌出一个华美的世界，来宠爱这个妃子。

更夸张的是"姊妹弟兄皆列土"，哥哥杨国忠是宰相，杨贵妃的三个姐妹分别被封为韩国夫人、虢国夫人、秦国夫人。有一幅画名为《虢国夫人游春图》，现在在辽宁省博物馆，里面描绘了虢国夫人进宫的时候竟然是骑着皇帝的马，而且穿男装，可以看出这个家族受宠到何种程度。这里也谈到一个帝王因为在爱里面陶醉，已经失去了帝王的身份。白居易并没有批判，而是有一点觉得：生命大概会有这样的时刻吧。我觉得这就是"同情"。这个"同情"并不是说我们要去可怜他，而是了解到生命的状态里面有一种无奈。白居易作为诗人，他写《新丰折臂翁》的成功，写

《卖炭翁》的成功，与他写《长恨歌》的成功一样，都来源于他的同情。他会变成那个角色来发言，这是好文学的基础，好的文学不能永远是自己在批判，必须设身处地成为那个人。"……可怜光彩生门户。遂令天下父母心，不重生男重生女"，这件事使得所有的人都慨叹，不要再生男孩，生一个女孩子，你看多么光宗耀祖。

下面一大段整个在讲政变的发生，从宠爱，从这种欢乐，急速转成战争悲剧的发生。大家在阅读时，可以注意怎样转变。"骊宫高处入青云，仙乐风飘处处闻"，在讲宫廷里面的音乐，每天歌舞的感觉。"缓歌慢舞凝丝竹，尽日君王看不足"，每天都在唱歌跳舞，皇帝每天坐在这个妃子旁边，好像都看不够，觉得她这么美。

忽然，"渔阳鼙鼓动地来"，安禄山造反，军队鼓声响起。白居易用前面宫廷里的缓歌慢舞去对比军队的战鼓，两个都是声音。"惊破《霓裳羽衣曲》"，《霓裳羽衣曲》是当时唐明皇特别为杨贵妃改编的舞蹈音乐。"九重城阙烟尘生"，战争开始了。"千乘万骑西南行"，有一天早上，城门忽然打开，一队人往四川逃难，百姓都不知道发生了什么事，政变是一刹那发生的。

"翠华摇摇行复止，西出都门百余里。六军不发无奈何，宛转娥眉马前死"，我去陕西省乾陵的时候，路上经过马嵬坡，我在那个地方停下来，看了杨贵妃的坟墓，旁边好多诗，文人们在讲他们对这个事情的看法。当时这里发生了"六军不发"的变故，所有的军队对唐明皇说你必须要处理这个案件，国家发生这么大的变化，都是因为你专宠杨氏。所以杨贵妃就变成了一个替死者。那个时候唐明皇本身被威胁了，所有的军队不听命令，手上拿着武器，他可以被处死。"宛转"是在讲杨贵妃死前心里的委屈和挣扎，这个美丽女子没有犯什么滔天大罪，最后竟要被拖出去绞死。"娥眉"代称杨贵妃，唐朝女子的妆容，把眉毛剔掉，在额头上画两条短短的眉，哀伤很容易表现在这个位置。

"花钿委地无人收"，头上戴的那些黄金珠宝，丢在地上，都没有人收，因为军队匆匆忙忙又逃难了。刚才是"云鬓花颜金步摇"，现在是"花钿委地无人收，翠翘金雀玉搔头"，三句诗都是写头上戴的首饰。当年作为受宠爱见证的物品，都还在杨贵妃身上，可是她已经死去。这里可以看到诗人的笔法转得非常好。下面两句很动人："君王掩面救不得，回看血泪相和流。"这两句把唐明皇的形象救回来了，至少还看到他掩面救不得的无奈与心里面的痛。如果是一首存心批判唐明皇的诗，绝对不会用这种句子。我们读到这里，忽然有一种震动，感觉这个男子还是有他的深情，只是完全不知道怎么办了，也无奈了，因为这是一场政变。

下面就讲军队继续走了，继续走的时候，白居易所描述的风景，其实不是风景，而是唐明皇的心情："黄埃散漫风萧索，云栈萦纡登剑阁。"到四川去要爬山，一层层地绕来绕去，在《明皇幸蜀图》里，整个右下角的队伍正慢慢下到山谷，再盘上去，然后进到四川，就是过蜀道。那个地方叫剑阁，是"一夫当关，万夫莫开"的地方，李白的《蜀道难》就是写这一段路程。这一段路程好像在讲风景，可是又在讲皇帝所爱的女子死了以后，他心情上的落寞痛苦，所以"萦纡"好像在讲山路的盘旋，又在讲唐明皇自己的柔肠寸断；好像在讲"黄埃"漫漫，又在讲皇帝心情上的寂寞与寥落。

"峨嵋山下少人行，旌旗无光日色薄"，这是在讲很沉默的逃难队伍慢慢走，然后心情黯淡的感觉。下面很明显直接讲到皇帝的心情，已经到了四川，可是"蜀江水碧蜀山青"，看到四川的山，看到四川的水，"圣主朝朝暮暮情"。我们会觉得这个君王真是有情意，好像在政治的无奈里，他还有这么大的爱与思念。经过白居易的处理，让人对唐明皇有很多同情。"行宫见月伤心色"在讲唐明皇住在四川的行宫当中，看到月亮时

伤心的感觉。"夜雨闻铃肠断声",晚上下着雨,听到铃声时心里感到悲恸。

下面一段就讲唐明皇又回长安了。"天旋日转回龙驭",就是要起驾回宫,重新回到长安去。"到此踌躇不能去",是讲马嵬坡,好像马嵬坡这个地方构成了他很大一个心情上的纠结。"马嵬坡下泥土中,不见玉颜空死处",已经找不到当年死掉的这个美丽女子了。"君臣相顾尽沾衣,东望都门信马归",所有的人想到那件事情都哭了,然后皇帝有一点落寞,有一点迷失,离长安城已经很近,就让马随意地驮着自己进城吧。

如果是叙事诗,叙述到这里应该做一个总结。可是我们看到后面几乎还有一大半,在那一大半里面,我们很明显看到皇帝的真情,他在思念,在寻找。

《长恨歌》——梦寻

当你真正爱一个人的时候，
会发现世间所有的东西都与她有牵连

真正的情感、真情，会使他不相信那个人死掉了，或者他相信那个人死掉，但在另外一个不同的空间还存在着。接着我们看到下面这一大段表白，使唐明皇变成历史上非常深情的人，我觉得这里面有白居易自己渴望的人世间最美好的情感。

"归来池苑皆依旧"，回来以后皇宫还是皇宫，水池、花园还是同以前一样，"太液芙蓉未央柳"，"太液""未央"是汉宫里的池名和汉宫名称，在此是借汉说唐，太液池旁长满了芙蓉花，未央宫边种植着柳树，可是唐明皇看到芙蓉花、柳树，想到的是"芙蓉如面柳如眉"，所有的花、所有的柳条都变成了那个女子容貌的幻化。当你真正爱一个人的时候，会发现世间所有的东西都与她有牵连，这里写思念写得这么好。

"春风桃李花开夜，秋雨梧桐叶落时"，春天桃花、李花在开，秋雨中梧桐的叶子在凋落。"西宫南苑多秋草，落叶满阶红不扫"，感觉到处都是萧条的，叶子落满了台阶，也没有心情叫人打扫。"梨园弟子白发新"，唐明皇在世的时候，有个千人编制的"国家管弦乐队"，叫作梨园，里面唱歌、跳舞的人，当时都很年轻，现在再看到，发现他们头发都白了。"椒房阿监青娥老"，当初服侍过杨贵妃的太监以及宫女也都已经老了，汉皇后住的宫殿叫作"椒房"，就在未央宫中。杨贵妃并不是皇后，可是白居易用"椒房"来形容这个女子住的地方。

"夕殿萤飞思悄然，孤灯挑尽未成眠。迟迟钟鼓初长夜，耿耿星河欲曙天"，四句都在讲一个睡不着的男子，他是一个曾经有过繁华的老

三百石印富翁齊白石老年所作

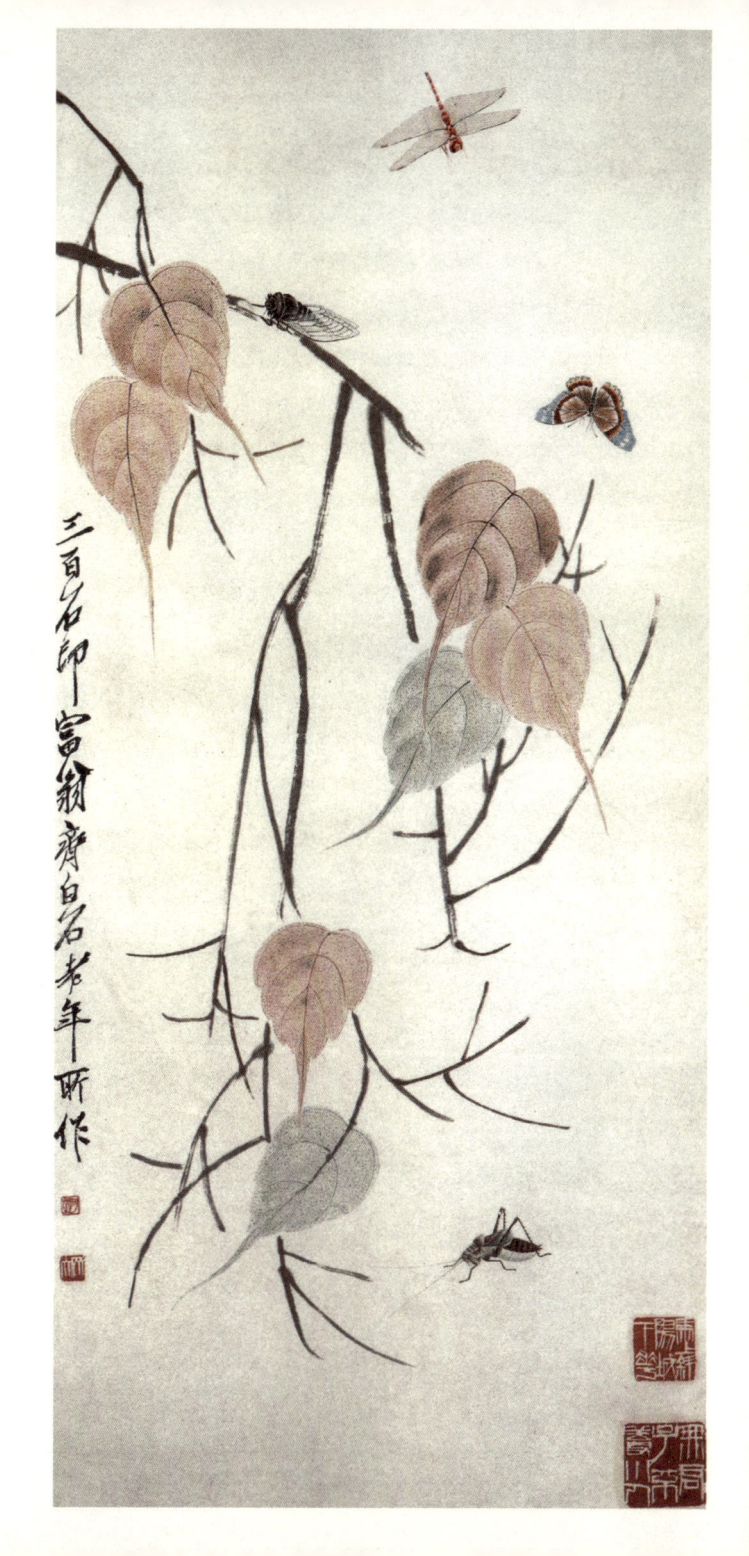

人。他看到萤火虫在那边飞,把灯挑起来,听到钟鼓在夜里敲着,看到天上的星河在沉落,这都是在讲他心情上的寥落。"鸳鸯瓦冷霜华重,翡翠衾寒谁与共?",鸳鸯瓦上面都是寒冷的霜,曾经一起盖过的翡翠色的被子,依然寒冷,今天有谁可以来陪伴? "悠悠生死别经年,魂魄不曾来入梦",已经死了,好像连魂魄都不曾来入梦——唐明皇期待人死了之后,梦中至少还可以相见。

有这么强的思念,开始想寻找,所以下面一大段就来了一个道士,这个道士开始作法帮助唐明皇去找那个女子。"临邛道士鸿都客,能以精诚致魂魄",只要真有这份精诚,爱恋一个人、思念一个人,是可以使其魂魄出现的。这部分经过白居易的书写,变成一个非常美的故事,也使大家读着读着越来越觉得不是在读唐明皇、杨贵妃的故事,而是在读我们自己心里对于那份美好情感的相信,我们大概都盼望着自己曾经爱过的生命是永远存在的。"为感君王辗转思,遂教方士殷勤觅",因为感动于这个君王这样辗转反侧地思念一个女子,有人就叫道士努力去寻找。"排空驭气奔如电,升天入地求之遍",讲这个道士作法如何在天上、地下到处寻找。"上穷碧落下黄泉,两处茫茫皆不见",过去人相信成仙的到碧落,做鬼以后入黄泉,可是"两处茫茫皆不见",到处寻找都没找到。

这些句子不完全是写迷信里的作法,我们会觉得白居易在形容一种寻找。所以我刚才讲前一段是思念,这一段是在讲寻找,一种个人生命的寻找。

"忽闻海上有仙山,山在虚无缥缈间。楼阁玲珑五云起,其中绰约多仙子",唐明皇在绝望当中发现还有一个地方没有找过,是海上的仙山,那里有非常多美丽的仙子。"中有一人字太真",杨贵妃的字在这里点出来了,忽然有了一个希望。"雪肤花貌参差是。金阙西厢叩玉扃,转教小玉报双成。闻道汉家天子使",这个仙山里的女子,听到汉家天子派来使者要见她。这里从皇帝的主观转到了杨贵妃的主观。"九华帐里梦魂惊",正在睡觉的太真被惊醒了,"揽衣推枕起徘徊",把衣服披起来,然后把枕头推开,站了起来。她出来见客,"珠箔银屏迤逦开"在讲她走过那些珠帘、屏风,离开卧房,要走出来了,空间感用得极好。"云鬓半偏新睡觉,花冠不整下堂来",因为好像刚睡醒,还无暇打扮自己,有一点衣冠不整就下来了。

"风吹仙袂飘飖举",风吹过来,仙人的衣服轻轻地飘起来,还很像当年她跳霓裳羽衣舞的样子。一个死去的灵魂,她的衣服飘起来的样子,刚好对比了她在年华最盛、最被宠爱的时候跳霓裳羽衣舞的状况。"玉容寂寞泪阑干",我们可以感觉到这么美的一个女子死去以后的寂寞。她满脸都是泪水,"梨花一枝春带雨",白居易形容那个感觉,就像春天来的时候梨花上面都是雨珠。我们到现在还在用他的形容,看到一个女子哭,我们会说哭得"梨花带雨"。

后面做了一个感人的结束,仿佛可以忘掉现实政治的部分,原谅了这一对深情男女。"含情凝睇谢君王",含情注视,还是觉得有这么多的深情要感谢,这个"谢"用得很漂亮,一生当中这样被宠爱过,好像要去谢一次。其实她可以怨恨的——那个时候怎么不救我?如果这个题材放到另一个人手上,可以完全变成另外一首诗。"一别音容两渺茫",两个人再也不能相见了。"昭阳殿里恩爱绝",以前在昭阳殿里面那种受宠已经没有了,"蓬莱宫中日月长",现在待在仙人住的蓬莱宫中,时间这样一直过去。"回头下望人寰处",回头有时候也会想看看人间到底怎么样了,"不见长安见尘雾",在仙界想要回头去看当年牵连过的生命中那些繁华,以及爱她的男子,可是什么也看不见,看不见长安,只看到一片尘雾而已。"惟将旧物表深情",今天汉家的天子已经派了使者来,应该有一个表达,她就把以前皇帝给她的东西"钿合金钗寄将去"。她还

把金钗钿盒分开来,她留一半,另一半给皇帝。这等于是一个信物的表达,也让这个使者能够说他真的见到太真了。"钗留一股合一扇,钗擘黄金合分钿",这里面除了表旧情以外,还有更多的叮咛,"但令心似金钿坚",如果我们爱恋的心情能够像黄金一样坚固,那么"天上人间会相见"。

白居易已经远远离开了这两个人的故事,而变成去描述人间的至情至性。从一个叙事开始,最后变成一个理想性的抒发。白居易只是借他们的故事在讲人世间不可磨灭的真情所在,这才是这首诗感动了这么多人最重要的原因。

"临别殷勤重寄词",使者要走了,告别的时候,她一直说着,"词中有誓两心知"。她说有一件事情一定要跟皇帝讲,因为曾经在"七月七日长生殿,夜半无人私语时",在一个完全没有其他人的场景里面,他们曾经发过誓,说"在天愿作比翼鸟,在地愿为连理枝"。她希望对方知道,那一天的誓言,她记得,她相信对方也记得,所以"天长地久有时尽,此恨绵绵无绝期"。

这样一首完整的长诗,从事件的叙述交代,一直转下来,变成心情上的升华,我想当然是文学里面的极品。

《琵琶行》——音乐

白居易在这里听到的不只是琵琶声，
更听到一个生命从繁华到没落的感伤

我觉得《琵琶行》对于诗歌用字用句的讲究可能超过了《长恨歌》。《琵琶行》完全是一种音乐性的传达，技巧上非常难。离开了事件以后，去做结构的铺排更困难。白居易在叙述过程中是一步一步推进的，结构很严谨。他可以用这么细密的方法去描述一个人弹奏音乐的过程。

琵琶行

元和十年，予左迁九江郡司马。明年秋，送客湓浦口，闻舟中夜弹琵琶者，听其音，铮铮然有京都声。问其人，本长安倡女，尝学琵琶于穆、曹二善才，年长色衰，委身为贾人妇。遂命酒，使快弹数曲。曲罢悯然，自叙少小时欢乐事，今漂沦憔悴，转徙于江湖间。予出官二年，恬然自安，感斯人言，是夕始觉有迁谪意。因为长句，歌以赠之，凡六百一十六言，命曰《琵琶行》。

浔阳江头夜送客，枫叶荻花秋瑟瑟。主人下马客在船，举酒欲饮无管弦。醉不成欢惨将别，别时茫茫江浸月。
忽闻水上琵琶声，主人忘归客不发。寻声暗问弹者谁，琵琶声停欲语迟。移船相近邀相见，添酒回灯重开宴。千呼万唤始出来，犹抱琵琶半遮面。转轴拨弦三两声，未成曲调先有情。弦弦掩抑声声思，似诉平生不得志。低眉信手续续弹，说尽心中无限事。轻拢慢捻抹复挑，初为《霓裳》后《六幺》。大弦嘈嘈如急雨，小弦切切如私语。嘈嘈切切错杂弹，大珠小珠落玉盘。间关莺语花底滑，幽咽泉流冰下难。冰泉冷涩弦凝绝，凝绝不通声暂歇。

别有幽愁暗恨生，此时无声胜有声。银瓶乍破水浆迸，铁骑突出刀枪鸣。
曲终收拨当心画，四弦一声如裂帛。东船西舫悄无言，唯见江心秋月白。
　　沉吟放拨插弦中，整顿衣裳起敛容。自言本是京城女，家在虾蟆陵下住。
十三学得琵琶成，名属教坊第一部。曲罢曾教善才服，妆成每被秋娘妒。
五陵年少争缠头，一曲红绡不知数。钿头银篦击节碎，血色罗裙翻酒污。
今年欢笑复明年，秋月春风等闲度。弟走从军阿姨死，暮去朝来颜色故。
门前冷落鞍马稀，老大嫁作商人妇。商人重利轻别离，前月浮梁买茶去。
去来江口守空船，绕船月明江水寒。夜深忽梦少年事，梦啼妆泪红阑干。
　　我闻琵琶已叹息，又闻此语重唧唧。同是天涯沦落人，相逢何必曾相识！
我从去年辞帝京，谪居卧病浔阳城。浔阳地僻无音乐，终岁不闻丝竹声。
住近湓江地低湿，黄芦苦竹绕宅生。其间旦暮闻何物？杜鹃啼血猿哀鸣。
春江花朝秋月夜，往往取酒还独倾。岂无山歌与村笛，呕哑嘲哳难为听。
今夜闻君琵琶语，如听仙乐耳暂明。莫辞更坐弹一曲，为君翻作《琵琶行》。
　　感我此言良久立，却坐促弦弦转急。凄凄不似向前声，满座重闻皆掩泣。
座中泣下谁最多？江州司马青衫湿。

　　首先，诗序提及"元和十年，予左迁九江郡司马"，"左迁"是贬官的意思。诗人到了江西，在九江郡（隋置，唐代叫江州或浔阳郡，治所在今江西九江）做司马。"明年秋，送客湓浦口"，第二年，在那个地方他有朋友要走了，所以他去送客。这首诗一开始就讲"浔阳江头夜送客"，他是在送客人走的时候，偶然遇到了一件事情——"闻舟中夜弹琵琶者"。下面开始描述晚上听到弹琵琶的过程，"听其音，铮铮然有京都声"，他听到这个声音，觉得不像是地方戏曲，好像是京城流行的歌。白居易听到"有京都声"，因为他自己也是从京城来，当然会有一种熟悉的感觉，也有一点好奇。"问其人，本长安倡女"，原来是长安的歌女。"尝学琵琶于穆、曹二善才"，歌女曾经向穆姓和曹姓两位善于弹奏琵琶的乐师学过琵琶,说明她的技艺是经过正统训练的。

"年长色衰,委身为贾人妇",年纪大了,已经没有那么红了,就嫁给商人做太太。"遂命酒,使快弹数曲",诗人就请她喝一点酒然后弹琵琶。"曲罢悯然",字用得很精简,"悯"与"然",很复杂,好像有同情,有一点讲不出话来,因为白居易在这里听到的不只是琵琶声,更听到一个生命从繁华到没落的感伤。从繁华到没落是这个女子的感伤,也是诗人的,他自己也被贬官了。

"自叙少小时欢乐事,今漂沦憔悴",小的时候曾经很快乐,也在繁华里红过,现在到处漂泊,生活过得不是很好,"转徙于江湖间"。"予出官二年,恬然自安",诗人被贬官两年来,好像没有心情不好过,"恬然自安",觉得贬就贬,也没有什么关系,为什么一定要在京城做官,所以都挺安适的。可是"感斯人言,是夕始觉有迁谪意",这一天很奇怪,白居易听了琵琶声,听到这样一个女子的讲话,才感觉到自己真的是在落魄中。我们看到白居易对这位女子的心情能够感同身受,进一步感觉到两人命运的相同点。"因为长句,歌以赠之",所以就写了这么长的一首诗,送给这个歌女。

诗一开始叙述送客的部分,两个朋友的告别已经很哀伤,而且在秋天,一片萧条落寞的景象,没有音乐,旁边也没有演奏的队伍,诗人感到孤独、寂寞,喝醉了酒,想要打发愁绪。

我曾经与学生一起把这首诗变成电影的脚本,把每一个画面画出来,觉得完全可以拍成现代电影。"醉不成欢惨将别"是在讲两个人心情很难过,可是白居易没对这两个人进行特写,反而把镜头移开去拍江水上的"别时茫茫江浸月",月光变成了情绪的延长。到这里的时候,他觉得与朋友应该告别了,酒也喝了,难过也难过了,船应该要走了。可是忽然一转,"忽闻水上琵琶声",这个琵琶声使他们又暂时不要告别,"主人忘归客不发"，送客的人忘了回家，应该走的人也忘了要出发，就在那边听起琵琶来了，这是很有趣的一个情节转折。在《长恨歌》当中，情节是事件的情节，可是在《琵琶行》当中，心情本身变成了一个情节。"寻声暗问弹者谁"，他们就去找那个声音，想问是谁在弹琵琶。"琵琶声停欲语迟"，结果琵琶声音就停了。他们再去找那艘船，然后"移船相近邀相见"，把船慢慢靠近，邀请说要不要过来见一下，"添酒回灯重开宴"。本来不是要走了吗？大概灯也灭了，准备要告别了，现在又添酒，又把灯点起来。本来好像就要结局的诗，忽然又变成开始。这绝对是精彩的写作手法。白居易在诗歌上的结构能力是非常强的，从《长恨歌》和《琵琶行》中，可以学诗的结构，学他怎么转。

大家在那边一直邀请，说弹一曲琵琶给我们听吧，她"千呼万唤始出来"。这个不急不是这个弹琵琶的女子不急，是白居易不急。这首诗的结构有一个空间感，一种层次感，可以铺叙开来，不会一下子慌张地就跳到不应该跳到的地方。"犹抱琵琶半遮面"，拿着琵琶出来的时候，还看不清楚她整张脸。大概她有一点害羞，有一点觉得惊慌，不知道为什么这一群人要叫她出来弹琵琶给他们听。

下面这一段非常精彩，开始讲音乐了，"转轴拨弦三两声"，她坐下来以后，习惯地就转轴，琵琶上面调音的部分叫作轴。"转轴拨弦三两声"，琤琤几声，有一点像我们听交响乐的时候，会看到乐手在试音，指挥还没有出来，那个时候是最美的。张爱玲说过，音乐里面最好听的就是那一段，因为乐手在找感觉。"未成曲调先有情"，真正好的音乐家，这个时候情感已经出来了，会在不成曲调的音节里面传达出最好的音乐感。"弦弦掩抑声声思"，每一根弦好像都被压抑着，我们知道左手要压着弦，所以其实是在讲这个动作。可是因为"掩抑"本身有另外一个意思，是心情上压抑，"弦弦掩抑"就变成"声声思"，每一个声音好像都有特别的意思、特别的感觉。白居易写了这么多细节，包括转轴、拨弦和掩抑的这个弦，他都一步一步慢慢地谈。"弦弦掩抑声声思，似诉平生不得志"，好像她不仅在演奏艺术，同时也在艺术里传达心情上的哀伤与这一生的回忆。好的艺术必定是一生的巨大回忆吧，所以变成"低眉信手续续弹"，低着头随随便便弹一弹，"说尽心中无限事"，好像已经把很多的心事都说出来了。

下面用到的完全是弹琴的技巧，"轻拢慢捻抹复挑"，"拢""捻""抹""挑"，是四个弹琴的手的姿势，有一种谱叫工尺谱，是古谱，不是现在的五线谱，里面有手的姿势。《红楼梦》就写到，在弹琴的时候，要讲究指法，这与西方的弹奏乐器不太一样，这里非常讲究手指本身的变化。比如，弹古琴时右边在弹，左手在按，所以我们会听到"嗡"的声音。这里的"轻拢慢捻抹复挑"，就是在讲技法。白居易是真的懂弹琴的，所以他了解这种指法，我们也就看到一个女子在弹琵琶时，手指在上面转的那种感觉，以及右手手指的转与左手的按，中间配合的关系。"初为《霓裳》后《六幺》"，在《长恨歌》中，我们已经知道《霓裳羽衣曲》是唐朝盛世很重要的一首音乐，《六幺》是胡人的音乐，是一个翻译过来的乐曲名，也有人翻译成"绿腰"。《韩熙载夜宴图》里面有一个王屋山（舞姬）跳舞的场景，其舞据考证就是"六幺舞"。

下面就开始形容音乐："大弦嘈嘈如急雨，小弦切切如私语。"诗人开始提到粗弦、细弦之间高音、低音部位的变化。用文字形容声音是非常难的事情，这里把"急雨"与"私语"放在一起，是运用到联想，好像下得很急的雨声，或者是两个人的私语。同时又有对声音的形容，就是"嘈嘈切切"的声音。这一段交错了好几种技法，又联想，又直接形容，同时又把声音演奏出来给我们听。

"嘈嘈切切错杂弹"，当大弦与小弦一起"错杂弹"的时候，各种声

層山畋館圖
門前覓鷗鷺與人間舊所処
吳峙再兄見借也　清寂　石昂

音的变化是最复杂的。一些琵琶曲如《霸王卸甲》或《十面埋伏》，都是从慢到快，就是我们讲的这一段的感觉。那种急切与高音、低音部位都一起来的时候，白居易用"大珠小珠落玉盘"对音乐做精准的形容，当然是文学史上的绝唱。一首诗，不只是文字，也是声音。

下面还是在追踪音乐的发展，"间关莺语花底滑"，我们会感觉到春天来了，好像有黄莺的细密叫声从花底下滑动过去。白居易用大自然去形容声音在交错的杂弹之后，忽然又变成很安静的一种力量。那个慢慢在流动的声音，若有若无的感觉。"幽咽泉流冰下难"，好像是泉水在暗流底下慢慢地流动，连声音都没有，这里可以看到诗人从极动的声音转而描写到极静的声音，从非常高亢的声音转到对最细密的声音的描写。当音乐静下来，我们会很仔细专注去听，声音慢慢走，我们整个心情会被它带动。接下来"冰泉冷涩弦凝绝"，好像是在下大雪的天气，连水都冻成冰了，原来流动的泉水不再流动，连声音都没有，那个弦也没有声音了。"凝绝不通声暂歇"，在最凝绝的时候，最冷的时候，最没有声音的状况里面，"别有幽愁暗恨生"，又变成另外一种美。我们在交响曲里听到乐队的大合奏，最后有一把大提琴很慢地拉，甚至好像没有声音的状况，那个时候大概是最美的，所以白居易才会总结出这一句："此时无声胜有声"。真正懂音乐的人，大概要听的是这个"空白"的声音。音乐里有很大一部分是回忆，是若有若无，好像听到了，好像又抓不住，是生命里面最难得的感觉。懂得留白才是最了不起的，这几乎变成我们今天美学上很重要的原则，也几乎是后来绘画里出现"空白"的原因。艺术家的生命也是如此，要保留余地与空间，而不是塞满。《琵琶行》是伟大的交响诗，在音乐的节奏中进行。

到了声音最低最低的时候，忽然"银瓶乍破水浆迸"，白居易用瓶子整个炸裂开来的声音，形容音乐从静忽然爆开来的情形。柴可夫斯基的

《悲怆交响曲》有一段就是这样,先是安静,到最后"啪"一下出来,第一次听那段音乐的人,坐在那边会忽然吓一跳。音乐一直在做对比,做速度的加快、变慢,到静,然后忽然又动起来,音乐一直在玩这种结构。"铁骑突出刀枪鸣",这是用战争里面的速度、暴力的感觉去形容音乐的另外一个急转状况。"曲终收拨当心画,四弦一声如裂帛","啪"一声,音乐就停了。我们看到"银瓶乍破"与"铁骑突出"是为了准备最后收尾。"曲终收拨","拨"就是拨子,曲终弹完以后,把拨子一收,然后"四弦一声如裂帛",好像撕开布一样,这样一个撕裂的声音,然后就停了。

"东船西舫悄无言",收拨之后,如裂帛般的声音出来,画面忽然转了,大家听到那里都愣住了,然后才发现四周这么安静,旁边的船都没有人在讲话了,因为大家都在听琵琶声。白居易把镜头放大、转移,刚才是特写,现在镜头忽然拉开拉远,变成一幅大的画面,"唯见江心秋月白",镜头冷冷地看到一个月亮,秋天的月亮,在江面上悬着。诗人忽然把一个音乐的描写又拉到自然。这么长一段,整个讲音乐的变化,可是里面的节奏感这么丰富,到最后收的这个部分,也不是一下子停,而是把它再扩大,变成对自然的描写,不然的话就与"浔阳江头夜送客"呼应不起来,因为刚开始是"别时茫茫江浸月",现在又回到了"秋月白"。

《琵琶行》——深情

我们会感觉到，陌生会变成熟悉，
是因为人与人之间有共同的生命默契

　　下面是这个女子对自己的一些回忆叙述，"沉吟放拨插弦中"，弹完琴了，把拨放回琵琶当中，"整顿衣裳起敛容"，然后把衣服整理好。唐朝人弹琵琶是一只脚翘起来的，跟我们今天弹吉他一样。我想上过中国美术史的人应该记得那幅画，是很野的感觉，不像今天一定要像个贵妇人一样端坐，因为琵琶原本是在马上弹的，是一种很野的胡人乐器。她（歌女）把衣服整顿好，"自言本是京城女"，原来也是京城的女孩子，"家在虾蟆陵下住。十三学得琵琶成，名属教坊第一部"，十三岁学会了弹琵琶，列名在皇宫的教坊第一队当中，等于是当时的歌伎。"曲罢曾教善才服"，每一次弹完音乐以后，都会让教她的那些老师佩服她。"妆成每被秋娘妒"，每次要出去演奏的时候，盛妆起来就会让身旁那些美丽的歌伎嫉妒。这是回忆，回忆当年她曾经这么红过。然后她说"五陵年少争缠头"，就是长安城有钱人家的男孩子，听完演奏以后，争着赠送丝帛给她。"一曲红绡不知数"，一曲弹完，收到的红绡不知道有多少，缠头无数就是最红的人。"钿头银篦击节碎"，在弹唱的时候，拿来打拍子的银篦都打碎了。"血色罗裙翻酒污"，因为陪客人喝酒，红色的裙子上面都是酒污。

　　"今年欢笑复明年，秋月春风等闲度"，一年一年这样过去。"弟走从军阿姨死"，弟弟去当兵了，阿姨也死掉了。"暮去朝来颜色故"，慢慢讲到她老了。"门前冷落鞍马稀"，慢慢门前没有人了，没有车马来找她了，然后"老大嫁作商人妇"。她大概觉得自己已经不太能够从事这个行业了,就找一个商人结婚了。可是"商人重利轻别离",商人常常要做生意,大概也很少陪她,常常都不在身边。"前月浮梁买茶去",上个月去买茶,一个月都没有见到面。"去来江口守空船,绕船月明江水寒。夜深忽梦少年事,梦啼妆泪红阑干",这里面有一种感伤,对自己生命老了以后繁华尽去的哀伤,忽然变成非常忧郁的感觉。

她的情绪感染了白居易,白居易因此感觉人生从繁华到幻灭,其实是一件重要的事。他说:"我闻琵琶已叹息,又闻此语重唧唧。"原本听了琵琶声已经非常感伤,又听了这样的故事,他有些难过。最重要的句子出来了:"同是天涯沦落人,相逢何必曾相识!"一个做官的人竟然跟一个老去的歌伎说:"我们都是落魄于世间的人,见面何必一定要是旧识。"我们会感觉到,陌生会变成熟悉,是因为人与人之间有共同的生命默契。我们都在生死中流浪,是知己,也是陌路擦肩而过。

诗人开始讲到自己被贬谪的经历:"我从去年辞帝京,谪居卧病浔阳城。"被贬官又生病,其实心情是失落的。"浔阳地僻无音乐",这个地方很偏远,没有什么音乐可以听,"终岁不闻丝竹声。住近湓江地低湿,黄芦苦竹绕宅生",这里讲到环境上的凄苦。"其间旦暮闻何物?"早晚能够听到什么声音呢?"杜鹃啼血猿哀鸣",不过是大自然里面杜鹃的啼叫与猿的哀鸣,都是悲哀的声音。"春江花朝秋月夜,往往取酒还独倾",即使喝酒也常常是一个人喝,偶然有一个朋友来访,都会很珍惜,所以当这个朋友要走,就会感到难过。白居易特别提到"岂无山歌与村笛",其实也有民间的山歌村笛声,可是"呕哑嘲哳难为听",好像很刺耳。"今夜闻君琵琶语,如听仙乐耳暂明。莫辞更坐弹一曲,为君翻作《琵琶行》",白居易拜托她再弹一曲给自己听,他要写一首《琵琶行》,好像是即席就写诗了。"感我此言良久立,却坐促弦弦转急",这个女子也被诗人感动了,开始重新转那个弦,弦越转越急。"凄凄不似向前声",那种凄凉与之前的音乐不同,因为两个人都把身世放进去了。"满座重闻皆掩泣",旁边所有听到音乐的人都哭了。"座中泣下谁最多?江州司马青衫湿",如果要问谁哭得最伤心,大概就是白居易了。一个做官的人有这样的性情,这大概是文学传统里最美的部分。

白居易是一个会为卖炭翁、折臂翁哀伤的诗人,也是一个可以为陌生女子感觉到深情可贵的诗人。我想,用这样的阅读方法,大家可以把今天我们看起来矛盾的一些文学创作者,重新统合起来。

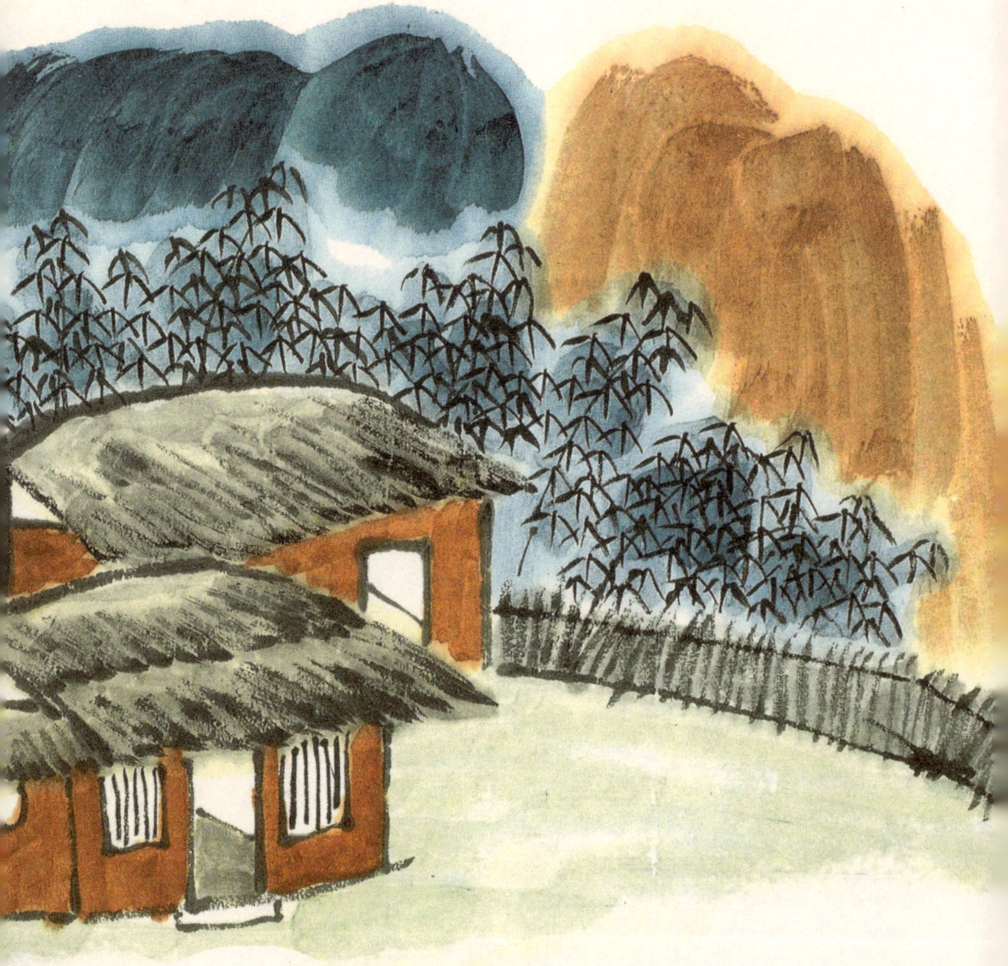

第三章

李商隐

蒋勋说唐诗 下

从杜甫到李商隐

唯美的回忆

晚唐的靡丽诗歌，
其实是对大唐繁华盛世的回忆

晚唐与南唐是中国文学史上两个非常重要的时期，有很特殊的重要性。

在艺术里，大概没有一种形式比诗更具备某一个时代的象征性。很难解释为什么我们在读李白的诗的时候，总是感到华丽、豪迈、开阔。"明月出天山，苍茫云海间"，这种大气魄就洋溢在李白的世界中。我自己年轻的时候，最喜欢的诗人就是李白。但这几年，自己也觉得很奇怪，在写给朋友的诗里面，李商隐与李后主（李煜）的句子越来越多。我不知道这种领悟与年龄有没有关系，或者说是因为感觉自己身处的时代其实并不像大唐。写"明月出天山，苍茫云海间"这样的句子，不只是个人的气度，也包含了一个时代的气度。我慢慢感觉自己现在处于一个有点沉溺于唯美的时期。

沉溺于唯美，就会感觉李白其实没有意识到美。他看到"花间一壶酒"，然后跟月亮喝酒，他觉得一切东西都是自然的。安史之乱后，大唐盛世和李白已经变成了传奇，杜甫晚年有很多对繁华盛世的回忆，到了李商隐的时代，唐朝的华丽更是只能追忆了。

"活在繁华之中"与"对繁华的回忆"，是两种完全不同的艺术创作状态。回忆繁华，是觉得繁华曾经存在过，可是已经幻灭了。每个时代可能都有过极盛时期，比如我们在读白先勇的《台北人》时，大概会感觉到作者家族回忆的重要部分是上海，他看到当时台北的"五月花"，就会觉得那里能够和上海的"百乐门"比。

1988年,我去了上海,很好奇地去看"百乐门"○大舞厅和很有名的"大世界"○,觉得怎么这么破陋。回忆当中很多东西的繁华已经无从比较,只是在主观上会把回忆里的繁华一直增加。我常常和朋友开玩笑,说我母亲总是跟我说西安的石榴多大多大,多年后我第一次到西安时,才发现原来那里的石榴那么小。我相信繁华在回忆当中会越来越被夸张——这也完全可以理解,因为那是一个人生命里最好的部分。我对很多朋友说:"我向你介绍的巴黎,绝对不是客观的,因为我二十五岁时在巴黎读书,我介绍的巴黎其实是我的二十五岁,而不是巴黎。"

晚唐的靡丽诗歌,其实是对大唐繁华盛世的回忆。

○ "百乐门",上海著名的综合性娱乐场所,全称"百乐门大饭店舞厅"。1929年,原开在戈登路(今上海江宁路)的兼营舞厅的"大华饭店"歇业,被誉为"贵族区"的上海西区,再没有一个与"贵族区"相适应的娱乐场。1932年,中国商人顾联承投资七十万两白银,购静安寺地建Paramount Hall,并以谐音取名"百乐门",号称"东方第一乐府"。

○ "大世界",原指上海市的一个综合性娱乐场所。现在各地都把大型娱乐场所或商品聚集的地方称为"大世界"。

幻灭与眷恋的纠缠

舍不得是眷恋，舍得是幻灭，
人生就是在这两者之间纠缠

我想先与大家分享李商隐的《登乐游原》。

登乐游原
向晚意不适，驱车登古原。
夕阳无限好，只是近黄昏。

这首诗只有二十个字，可是一下就能感觉到岁月已经走到了晚唐。诗人好像走到庙里抽了一支与他命运有关的签，签的第一句就是"向晚意不适"。"向晚"是快要入夜的时候，不仅是在讲客观的时间，也是在描述心情趋于没落的感受。晚唐的"晚"不仅是说唐朝到了后期，还有一种心理上结束的感觉。个人的生命会结束，朝代会衰亡，所有一切在时间的意义上都会有所谓的结束，意识到这件事时，人会产生一种幻灭感。当我们觉得生命非常美好时，恐怕很难意识到生命有一天会结束。如果意识到生命会结束，不管离这个结束还有多远，都会开始有幻灭感。因为觉得当下所拥有的一切都是不确定的，在这个不确定的状态中，会特别想要追求刹那间的感官快乐与美感。

白天快要过完了，心里有一种百无聊赖的感觉，有一种讲不出理由的郁闷，即"意不适"。晚唐的不快乐绝对不是大悲哀。李白的诗中有号啕痛哭，晚唐时只是感觉闷闷的，有点淡淡的忧郁。"不适"用得非常有分寸，这种低迷的哀伤弥漫在晚唐时期，形成一种风气。

这种讲不出的不舒服要如何解脱呢？"驱车登古原"，去散散心吧，疏解一下愁怀。"乐游原"是当时大家很喜欢去休闲娱乐的地方，这里用了"古"字，表示这个地方曾经繁华过。

曾经繁华过，现在不再繁华，诗人的心情由此转到"夕阳无限好"，在郊外的平原上，看到灿烂的夕阳，觉得很美。"无限"两个字用得极好，讲出了诗人的向往，他希望这"好"是无限的，可是因为是"夕阳"，这愿望就难免荒谬。夕阳很灿烂，但终归是向晚的光，接下来就是黑暗。诗人自己也明白，如此好的夕阳，"只是近黄昏"。二十个字当中，李商隐不只讲自己的生命，而且描写了一个大时代的结束。

这首诗太像关于命运的签。大概每一个人出生之前都有一首诗在那里等着，一个国家、一个朝代，或许也有一首诗在那里等着。晚唐的诗也可以用这二十个字概括。已是快入夜的时刻，再好的生命也趋向没落，它的华丽是虚幻的。从这首诗里，明显地感觉到李商隐的美学组合了两种完全不同的气质：极度华丽，又极度幻灭。

李商隐的很多哀伤都是源于个人生命的幻灭，可以说是一种无奈吧。感觉到一个大时代在慢慢没落，个人无力挽回，难免会觉得哀伤；同时对华丽与美又极为眷恋与沉溺，所以他的诗里有很多对华丽的回忆，回忆本身一定包含了当下的寂寞、孤独与某一种没落。这有点类似白先勇的小说，他的家世曾经非常显赫，在巨大的变故之后，他一直活在过去的回忆里。那个回忆太华丽、太繁盛了，当他看到自己身处的现实时，就会有很大的哀伤。他写的一些"台北人"，在某种程度上是没落的贵族。同时生活在台北的另外一些人，可能正努力白手起家，与白先勇的心情绝对不一样。晚唐的文学中，有一部分就是盛世将结束的最后挽歌，挽歌可以是非常华丽的。

在西方音乐史上，很多音乐家习惯在晚年为自己写安魂曲，比如大家很熟悉的莫扎特的《安魂曲》。那种心情就有一点像李商隐的诗，在一生的回忆之后，想为自己做历史定位，可是因为死亡已经逼近，当然也非常感伤。在西方美学中，将这一类文学叫作"decadentia（拉丁文）"，翻译成中文就是"颓废"。一般的西方文学批评，或者西方美学，会专门论述颓废美学，或者颓废主义〇。在十九世纪末的时候，波德莱尔（1821—1867）的诗、魏尔伦（1844—1896）的诗、兰波（1854—1891）的诗，或者王尔德（1854—1900）的文学创作，都被称为"颓废文学"或者"颓废派"。还有一个术语叫作"世纪末文学"，当时的创作者感觉十九世纪的极盛时期就要过去了，有一种感伤。"颓废"这两个字在汉字里的正面意义很少，我们总觉得建筑物崩塌的样子是"颓"，"废"是被废掉了，可是"décadence"在法文当中是讲由极盛慢慢转到安静下来的状态，中间阶梯状的下降过程就叫作"décadence"，更像是很客观地叙述如日中天以后慢慢开始反省与沉思的状态。这个状态并没有什么不好，因为在极盛时代，人不会反省。

回忆也许让我们觉得繁华已经过去，如果是反省的话，就会对繁华再思考。用季节来比喻更容易理解。比如，夏天的时候，花木繁盛，我们去看花，觉得花很美；秋天，花凋零了，这个时候我们回忆曾经来过这里，这里曾经有一片繁花，会有一点感伤，觉得原来花是会凋零的。这其

〇颓废主义，亦称"颓废派"。源自拉丁文decadentia，本义是堕落、颓废。十九世纪下半叶后出现于西方的反映悲观颓废情绪的创作倾向。是某些西方知识分子彷徨、苦闷在文学艺术领域中的反映。最早表现在法国诗人波德莱尔的创作和戈蒂埃1868年对《恶之花》的评论中。主张"为艺术而艺术"，要求艺术完全与"自然"对立，风格上坚持高技巧，题材偏于离奇古怪，宣扬个人中心主义、悲观颓废情绪和变态心理。后来在象征主义、唯美主义的文学创作中有进一步的发展。

中当然有感伤，可是也有反省，因为开始会去触碰生命的本质问题。所以我们说李商隐的诗是进入秋天、进入黄昏的感觉，在时间上他也总是喜欢写秋，写黄昏。

王国维觉得，人对于文学或者自己的生命，有三个不同阶段的领悟。他觉得人活着，如果开始想到"我在吃饭，我在睡觉，我在谈恋爱"，开始有另外一个"我"在观察我的时候，是季节上入秋的状态。他曾经说人生的第一个境界是"昨夜西风凋碧树，独上高楼，望尽天涯路"。"西风"就是秋风，"凋碧树"，风把绿叶吹走了，只剩枯树。一个人走到高楼上，"望尽天涯路"。树叶都被吹光了，通过枯枝，才可以眺望到很远的路，如果树叶很茂密，视线会被挡住。一个年轻小伙子在精力很旺盛的时候，要他反省是很难的一件事，因为他正在热烈地追求生活。可是生活并不等同于生命，当他开始去领悟生命的时候，可能是碰到了令他感伤的事物。王国维描述的第一个境界就是把繁华拿掉，变成视觉上的"空"，我想这与李商隐在"驱车登古原"时所看到的灿烂晚霞是非常类似的。

当诗人看到"夕阳无限好，只是近黄昏"时，有很大的眷恋。若没有眷恋，不会说夕阳无限好，就是因为觉得生命这么美好，才会惋惜"只是近黄昏"。这两句诗写的是繁华与幻灭，舍不得是眷恋，舍得是幻灭，人生就是在这两者之间纠缠。如果全部舍了，大概就没有诗了；全部都眷恋也没有诗——只是眷恋，每天就去好好生活吧。从对繁华的眷恋，到感觉幻灭，就开始舍得。我觉得李商隐就是在唯美的舍得与舍不得之间摇摆。

繁华的沉淀

晚唐是大唐繁华的沉淀，在这种沉淀当中，
还可以看到疏疏落落的繁华在降落

很多人认为晚唐文学太追求对华丽的沉溺与对唯美的眷恋，有一种词汇上的堆砌。我一直觉得李商隐的诗并不完全如此，大家在读《暮秋独游曲江》的时候，可以很明显看到李商隐的诗非常贴近白话，他甚至不避讳使用重复的句子。

暮秋独游曲江

荷叶生时春恨生，荷叶枯时秋恨成。

深知身在情长在，怅望江头江水声。

"荷叶生时春恨生，荷叶枯时秋恨成"，就是用了重叠的手法。诗人讲看到了荷叶，荷叶在春天生长，荷叶在秋天枯萎，这只是一种现象。这种现象本身并没有主观的爱恨在里面。可是诗人的个人主观性加了进来，所谓"春恨生""秋恨成"中"恨"的主体都是诗人自己，正因为诗人有自己的执着，便没有办法将这些当作客观世界中的一种现象。

诗人的多情是他自己加入的，荷叶"生"或者"枯"都与感情无关。诗人也许会回头来嘲笑自己情感太深，投射在荷叶的生与枯中，恨春天的来与秋天的去。客观的岁月的延续，加入了诗人主观的"恨"，所以他有点嘲弄地讲自己"深知身在情长在"，领悟到只要自己的肉体存在，大概情感也就永远存在，对于这种情感是没有办法完全舍得的。他对于美，对于自己所沉溺的这些事物，永远没有办法抛弃掉，"情"是与肉体同时存在的。

所以，诗人开始"怅望江头江水声"。这其中有些怅惘，有些感伤，还有期待与眷恋。"江水声"是描述江水流过的声音，当然也是在讲时间。孔子也曾用水比喻时间——"逝者如斯夫，不舍昼夜"。李商隐在这里亦用江水来指代时间，在无限的时间当中，难免多有感触。如果与李白、杜甫相比较，可以很明显地感觉到在李商隐的晚唐世界中，人开始沉静下来。我不觉得这种沉静全都是悲哀，应该还有一种繁华将尽时的沉淀感。大唐盛世就像漫天都撒满了金银碎屑，非常华丽，现在这些都慢慢飘落下来，所以我觉得更准确的概括是"沉淀"。诗人站在时间的长河岸边，看花开花落。

晚唐是大唐繁华的沉淀，一方面，在这种沉淀当中，还可以看到疏疏落落的繁华在降落；另一方面，诗人开始比较安静地去面对繁华，繁华当然可能真的是虚幻，其实虚幻本身也可以很华丽。在李商隐的世界中，对于大唐世界的描绘充满了华丽的经验，可是这些华丽的经验仿佛就是一场梦，刹那就过去了。安史之乱后，唐朝盛世的故事全部变成了流传在民间的传奇，街头的人在讲着当年虢国夫人游春时是何种繁华胜景，宫里面头发都白了的宫女，讲当年唐

玄宗年轻的时候是如何，杨贵妃年轻时候有多美，"白头宫女在，闲坐说玄宗"描述的就是这种状态。李商隐写的繁华是过去了的繁华，他自己已然不在繁华中了。

晚唐的诗歌是繁华过了以后对繁华的追忆，等于生命同时看到荷叶生与荷叶枯，眷恋与舍得两种情感都有，这其实是扩大了的生命经验。如果生命只能够面对春夏，不能够面对秋冬，也是不成熟的生命。我们应该了解生命的本质与未来的走向，如果在眷恋荷花盛放的时候，拒绝荷花会枯萎这件事情，是不成熟的。在生命里最爱的人，有一天也会与我们分别。明白了这些，情感可以更深。从这个角度去看晚唐文学，能够看到这一时期的创作者对人生经验的扩大。"盛唐时期"像青少年，太年轻，年轻到不知道生命背后还有很多无常在等着。李商隐是一位很惊人的艺术家，他竟然可以将生命的复杂体验书写到这种程度。

抽象与象征

他们都喜欢写月光，喜欢写夜莺，
喜欢写一些华丽与幻灭之间的交替

与李白、杜甫相比，李商隐的诗叙事性更少。李白的《长干行》开篇就是"妾发初覆额，折花门前剧。郎骑竹马来，绕床弄青梅"，有一个故事在发展。杜甫的诗叙事性也很强，《石壕吏》中"暮投石壕村，有吏夜捉人"就是叙事。李商隐的诗最大的特征是把故事全部抽离，对事物做比较抽象的描述。

李商隐的风格比较接近"象征"，象征主义是借用西方美学的名称，特别是指十九世纪末期波德莱尔、魏尔伦、兰波等作家的创作风格。王尔德是善于运用象征手法的唯美主义作家。

王尔德很有名的童话都是采用象征手法。他曾经写过，有一个大学生爱上一个女孩，那个女孩要大学生送一些盛放的红玫瑰给自己，才答应和他跳舞。可是大学生的花园里一朵玫瑰也没有，他哭了起来。哭声被一只夜莺听到了，夜莺感受到这个青年男子内心的爱和落寞，决定帮他完成这个心愿。于是，它把自己的心口贴在玫瑰树的刺上开始唱歌，鲜血灌注玫瑰树的"血管"，一夜之间，红玫瑰花次第开放。在这个故事中，王尔德用象征手法描述了如果用生命去付出，用心血去灌溉，绝美的奇迹就会发生，很像李商隐写的"身在情长在"。第二天，大学生看到窗外有一些盛放的红玫瑰，但他没有看到玫瑰树底下有一具夜莺的尸体。这就是所谓象征主义的文学，常常用寓言或者典故来书写个体的生命经验。

我不鼓励大家读那些有关李商隐诗句的注解，越注解离本意越远。我觉得王尔德是对李商隐最好的注解，一个在英国，一个在中国，一个在

十九世纪,一个在九世纪,可是他们仿佛是同一个人,关注的内容是那么相似。他们分别用英语和汉语写作,却有着相同的意象,他们都喜欢写月光,喜欢写夜莺,喜欢写一些华丽与幻灭之间的交替。从这个角度,大家可以进到李商隐的诗歌世界,慢慢感受到,我们自己的生命里大概曾有过李白那样的感觉,曾经希望豪迈和辽阔;我们大概也有过杜甫那种对现世的悲哀,偶然走到街头,看到一个穷困的人,希望能写出《石壕吏》中的悲情;但我们的生命也有一个部分,很接近李商隐那种非常个人化的、非常私情的感受。

深知身在情长在

如果有一天，
生命中没有什么可以让我们这样付出，
那是一种悲哀

李商隐写过很多无题诗。为什么叫作"无题"？因为他根本不是在叙事。如果不是叙事，题目就不重要，而成为一种象征。李商隐似乎有意要把自己与社会的世俗隔离开来，在这个过程中，他的内心情感经历了一个不可言喻的转变。之所以说不可言喻，是因为可能世俗道德不能够了解，最后他决定用最孤独的方式实现自我完成，就像把心脏贴在玫瑰的刺上去唱歌的夜莺一样。这是他对自己生命的一个完成，所以他的孤独、苍凉与美丽都是他自己的，与他人无关。中国正统文学是以儒家为尊崇，李商隐这样的诗人不会受到很大的重视，因为他的私情太多了。

李商隐面对自己的私情时非常诚实。他在讲究"文以载道"的时代，竟然写出"相见时难别亦难"这种关注私情的句子，相见是如此困难，离别时就更难分难舍了，这么通俗的句子，这么纠结的感受，李商隐七个字就讲完了。同时也平衡了"文以载道"忽略的另外一个空间。

"文以载道"不见得不对，杜甫的《石壕吏》读了令人悲痛到极点，杜甫将他自身的生命体验扩大到对偶然遇到的人的关心，与李商隐写的私情并无冲突。文学世界最迷人的地方是每一个生命都有不同的自我完成的方式。过去文学史上将李商隐的诗称为"艳情诗"，"艳情"这两个字在我们的文化当中有贬低的意义。一个人好好的，不去谈忠孝，而是去写艳情，其实有瞧不起的意味在里面。

李商隐的"艳情诗"中有不少"无题"，对我们来说，好像没有对象,或者对象不清楚,要理解诗意似乎就更困难了。以前的那些注解非常有趣,有人说他是跟女道士谈恋爱,还有人说他是在偷偷跟后宫的宫女谈恋爱。

李商隐恋爱的对象到底是谁?我觉得如果看到荷叶的荣枯都会有感触的诗人,他第一个恋爱对象绝对是自己。先爱自己,然后再扩大,"深知身在情长在,怅望江头江水声"的"身在",是他最大的恋爱对象。因为爱自己的生命,所以珍惜自己生命存在的周遭,他会珍惜夕阳,珍惜荷叶,珍惜蜡烛,珍惜春蚕。李商隐为什么是最好的象征主义诗人?因为在诗歌当中,他把自己转化成荷叶,当他看到"荷叶生时春恨生,荷叶枯时秋恨成",我们会发现他讲的不是荷叶,而是他自己,这是讲他自己的生命曾经有过青春,将要面临枯萎凋零的沧桑晚年。

一直到最后,对于时间的永续无尽还是觉得无奈。这样就完全懂了——他根本一直在写自己。我们来看他的一首《无题》。

无 题

相见时难别亦难,东风无力百花残。
春蚕到死丝方尽,蜡炬成灰泪始干。
晓镜但愁云鬓改,夜吟应觉月光寒。
蓬山此去无多路,青鸟殷勤为探看。

"相见时难别亦难,东风无力百花残",风都没有力量吹起来了。李白曾经写过"长风几万里,吹度玉门关",现在李商隐写的是"东风无力百花残",诗真的可以反映一个时代的命运。亚里士多德(前384—前322)曾经说诗比历史更真实,我相信每个人、每个时代都有一首诗在等着。这几乎是一种谶语,象征了一个时代的状况,我们很难解释为什么晚唐诗人写不出"长风几万里"这样的句子,好像空间没有办法开阔,生命没有办法辽阔。初唐的诗人几乎都到塞外去过，走过荒凉大漠，所以生命经验是不同的，生命体能也是不同的。到了晚唐，在繁华开始没落的长安城当中，诗人们有很多的回忆，开始怀旧，诗歌体例也比较衰颓。"东风无力百花残"是晚唐的写照，还是有一个大花园，还有百花在里面，只是已经残败了。

李商隐用了很多意象，都是黄昏、夕阳、残花、枯叶这一类的。晚唐的靡丽风格非常明显，他想要为他的时代留下一点证明，虽然不是在春夏般的盛世，可是这个时代也是好的。同时代的杜牧还曾经写过"停车坐爱枫林晚，霜叶红于二月花"。秋天时节，百花枯萎，被霜打过的红叶，比二月的花还要红。似乎在说虽然我的时代已经是秋天，可是这个秋天不见得比春天差，可以欣赏春花的人，也可以欣赏红叶。

在日本，赏枫和赏樱是一样的盛事。秋天一样有季节的美，有一种哀伤，李商隐的诗中有种安于生活在晚唐的感觉。一个创作者了解自己身处的时代，是非常重要的。我形容李白的声音是高音，在很多人的声音中一下子就可以听到他。高音的基础是气度宽厚，音高上来的时候，能够冲得很高。如果音域不是那么宽，硬要唱，嗓子就破了，就会变得沙哑。好好唱自己的低音，也许是更好的选择。李商隐就是低迷的声音，委婉而细腻，他绝对不会故意去雄壮。雄壮也不可能故意为之，一个时代已经过去了，已经没有了"明月出天山"的气度与气魄，不如用另外的方式来了解这个时代，也了解自己的生命状态。

李商隐的诗是有革命性的，是一种"观念的革命"。他的诗有太多的"无题"，这说明诗人本来就没有给我们题目方面的暗示，所有的暗示都在文字本身，"夕阳无限好，只是近黄昏"，难道不够清楚吗？还要一个题目吗？如果要题目来指导我们读诗的话，我想已经不是诗了。

私情的基础是自己，所以李商隐才会用象征主义的方法去说"春蚕到死丝方尽"。蚕长到一定程度开始吐丝,把自己包裹在茧里面。他在讲蚕吗?也许是在讲自己。这句诗写的还是"深知身在情长在",只要这具肉身存在,烦恼、情感纠缠就没有终结。"蜡炬成灰泪始干",和一个朋友在那边点了一根蜡烛聊天,看着一滴一滴的烛泪流下来,就觉得蜡烛大概一直要烧到全部变成灰,烛泪才会停止。这里讲的是蜡烛吗?可能还是在讲自己。

春蚕到死,蜡炬成灰,其实都是在讲诗人自己,与王尔德一样是意象的投射,所以我认为李商隐是最好的象征派诗人。象征派不在意讲事件,不在意讲谁,而是用象征的方法把生命的状态比喻出来。我们每一个人可能都是春蚕,都是蜡炬。诗人只是点醒我们生命有这样一个状态,我们所爱的,是人也好,是物也好,那个生命到底有没有意义不是最重要的部分,这个过程中不断地燃烧才是最重要的。如果要讲究"文以载道",就会说蜡炬成灰是因为照亮了别人。李商隐没有这样写,他说是蜡烛自己把泪流完了,照亮不照亮别人,不是他要追求的。"春蚕到死丝方尽,蜡炬成灰泪始干"之所以能感动我们不是因为李商隐,是因为我们自己的生命就是这样的状态,我们被自己给感动了。

象征主义最了不起的地方,是它描述的不是狭隘的情感,而是可能让我们在不经意间忽然有所感受。我们会发现李商隐写的"春蚕到死"与"蜡炬成灰",更大的意义是说生命必须要为自己找到一个值得付出的对象。有这样一个对象,生命怎么去受苦,都是快乐的。在这种付出中,生命会饱满,会获得意义。如果有一天,生命中没有什么可以让我们这样付出,那是一种悲哀。

"蜡炬成灰"与"春蚕到死"都在讲热情,而不是悲哀。两句诗点出人们活着有没有热情,有没有自己执着的事情。林黛玉是个典型,她一生要把泪流完,她就是要用这个方式把她生命中某些东西释放掉,不可解的原因使她在热情当中不断燃烧。

　　李白的诗与杜甫的诗意象用得比较少，象征主义最大的特征就是用很多意象来阐述，而不是直接书写。李商隐可以在意象与现实的描绘中有一点游移。"相见时难别亦难，东风无力百花残"是一个直接描述；"春蚕到死丝方尽，蜡炬成灰泪始干"则是象征，然后又转回来，在这里可以看到他一直在游移。"晓镜但愁云鬓改"，"晓"是早上，早上在镜子里看到自己的鬓角已经出现白色的头发，有一点哀伤，又回到对自身的描述。"夜吟应觉月光寒"，到很晚的时候，还在那边念诗，应该感觉到照在身上的月光已经是非常寒冷了。从"晓镜但愁"与"夜吟应觉"可看出，这是一个对生命有所眷恋的诗人。他满怀热情，忽然发现前面有终结点。"晓镜但愁云鬓改"，感觉时间不多了，"夜吟应觉月光寒"，自己还在写诗。写诗就是李商隐的春蚕和蜡炬，他一生就是要把诗写完。这里又有一点抽离，仿佛是另外一个人在说，月光这么冷，夜晚这么冷，你还在那边写诗。似乎是在受苦，但因为前面有春蚕、蜡炬，我们只觉得是因为热情。这两句诗是诗人热情的表白。

　　李商隐最有名的无题诗，是写和女道士的关系吗？是写和宫女的关系吗？今天我们大可把这些题目做更大胆的假设与改换。我相信这里面有一个自己的肉身存在，"深知身在情长在"恐怕是真正的主题，他眷恋的一直是与自己生命的关联性。自身的生成、存在、爱或恨，构成纠缠，也构成繁华。

更持红烛赏残花

在一个有点萎靡、有点慵懒、
有点困倦的时代里面，
努力为自己找到一点生命的美好

《花下醉》，一看题目就能感受到晚唐气象。

花下醉

寻芳不觉醉流霞，倚树沉眠日已斜。

客散酒醒深夜后，更持红烛赏残花。

"花"与"醉"是两个意象，花是繁华、华丽；醉是颓废、沉溺、感伤。"寻芳不觉醉流霞"，这个"花"可能是自然界的花，也可能是某一个美丽的女子，或者自己生命里眷恋过的某一种情感。一方面，诗人不知不觉为流霞美酒所沉醉，另一方面，"流霞"也极言花之炫美，令人倾心。这种经验不是文字的堆砌，而是更精致的感觉的捕捉。"醉"与"霞"本来是两个没有关系的字，但组合出来的意象非常丰富，好像鲜花变成了一个人酡红的脸庞。

象征主义常常被形容成万花筒，里面的东西其实不多，可是转动的时候，产生的交错经验非常多。象征主义的美术、文学都是类似于万花筒的经验，可用"错综迷离"来形容，难以直接注解，必须用比喻的方法。也许，注解李商隐最好的真的就是王尔德了。

"倚树沉眠日已斜"，靠着树边沉眠，也很有晚唐的感觉，有点低沉，有点困倦，有点慵懒。我们会发现在盛唐时代，每一个诗人都精力旺盛。到晚唐的时候，大家都有一点累了。象征主义的诗似乎都和慵懒的情感有关，有一点对于万事万物都不那么带劲的感觉，不那么向外追逐。一个阶段之后，向外的追逐转成向内的安定，晚唐时期这样的转变非常明显。前面的人都在往外征服，忽然发现心都空掉了，向外征服的意义何在？所以开始回来讲自己。即使在盛唐时期，像王维这样有反省意识的诗人，写的也是"大漠孤烟直，长河落日圆"，现在却是"倚树沉眠日已斜"。

我们看到李商隐的这几首诗，整个背景经验全部是晚霞、夕阳。好像盛唐时期的诗人看到的都是朝日与月圆，晚唐时期的诗人看到的都是孤星与晚霞。我觉得，这里面很明显写的是心事，而不是风景。

后面的两句，是最常被引用的："客散酒醒深夜后，更持红烛赏残花。"如果有一天，你举办一个很盛大的生日宴会，杯盘狼藉、宾客散尽的一刹那，大概是最孤独的时刻。刹那间，会有巨大的荒凉感。悉达多太子在出家前，就是这个状态，忽然酒醒过来，看到旁边陪伴他的妻妾、宫女，有一种荒凉感。那是他第一次出走。生命里面的"客散酒醒"是非常重要的时刻，我不认为李商隐是在讲宴会的状态，我觉得"客散酒醒"是在讲大唐盛世的远去，李白走了，杜甫走了，王维走了，大时代的风云人物全部走完了，人们也从那种陶醉中醒过来了，其实就是我们前面讲的"可以反省的时刻"。

最后一个句子，"更持红烛赏残花"，完全是晚唐的感觉：只剩一个人了，这么荒凉，这么孤独，把红色的蜡烛重新点起来，拿着蜡烛再去看已经残败的花。相对于"残"与"花"，"红烛"是华丽的，是暖色调，又把繁华与幻灭放在一起，把华丽与感伤放在一起。李白的诗喜欢用"金"，李商隐的诗很喜欢用"红"，他的红总是和残、冷一起出现。从象征诗派的意象来看，李商隐用字非常精准。这其中是不是有一种眷恋？好像花都已经败落了，也知道大时代的繁华已经走完，但还是不甘心，还

是无奈，还是愿意拿着蜡烛再去看一看最后的残花。

　　大时代的没落经验已经呼之欲出，这是为什么我们一再提到诗的时代象征性是所有艺术形式当中最高的。诗歌比绘画、音乐、小说或散文的象征性都要高，因为很精简，就是很简单直接地把感觉说出来。"夕阳无限好，只是近黄昏"或者"更持红烛赏残花"，表达的都是同一种感觉。我们很熟悉的晚唐诗还有"留得枯荷听雨声"。夏天已经过完了，荷叶都已经残败了，照理讲应该把它收掉了，可是诗人会说："留得枯荷听雨声。"下雨的时候雨打到枯掉的荷叶上，有一种美好的声音。这是非常明显的晚唐经验，即繁华盛世没有了，还是可以在一个有点萎靡、有点慵懒、有点困倦的时代里面，努力为自己找到一点生命的美好。

人间重晚晴

> 他希望在哀伤、没落、颓废中
> 找到一点生命存在的理由

李商隐还写过一首《晚晴》。

晚　晴

深居俯夹城，春去夏犹清。
天意怜幽草，人间重晚晴。
并添高阁迥，微注小窗明。
越鸟巢干后，归飞体更轻。

晚晴，就是雨下了好久天气才晴朗起来，特别值得珍惜，现在我们不是用"晚晴"来形容老年的美好吗？"天意怜幽草"，好像老天有一种特别的眷顾，会重视到这些卑微的生命。"向晚意不适"也讲到"晚"，李商隐力图为"晚"找到一个存在的意义与理由。生命没有哪一个阶段一定是最好的，人生的每一个状态都能提出一个价值。在悲悯自己、哀怜自己，在自己不是属于大时代的难过与哀伤当中，忽然读到这个句子，也会转成"人间重晚晴"，里面有一种开心。

也许李商隐不见得是把我们带引到哀伤、没落、颓废境界的诗人，与之相反，他希望在哀伤、没落、颓废中找到一点生命存在的理由，所以"人间重晚晴"这个句子才会有特别的意义。李商隐的整个语调是比较低迷的，也就是他自己讲的"沉眠"这种感觉。他不太发出雄壮的高音，所以"并添高阁迥"。即使到了中年，生命已经有一点没落，他还可以有心事在回绕。即使是孤独，还可以和自己对话。

"微注小窗明"是在讲光线,从窗外微微有一点光线透进来,会觉得他非常珍惜这点光线。李商隐的诗背后一直有晚霞、秋天,有一种晚景,晚景可以是凄凉,也可以从凄凉里面转出另外一种温暖。"微注小窗明"没有李白那种"长风几万里"的气魄,可是从这些微光中,会感觉到不可言喻的喜悦。

尤其对很多中年朋友来说,我想李商隐是很重要的。生命在某些时刻里,会感觉自己最好的时间过去了,会有一点沮丧,有一点颓败。可是李商隐的诗常常让我们感觉到生命并没有所谓的极盛与极衰,生命其实处在流转的过程中。李商隐对繁华的回忆,可能是一种喜悦的感觉,甚至比较平静,所以用"微注"这两个字。这其中有一种珍惜。唐朝很精彩,年轻的时候曾经驰骋沙场的那些人,现在在李商隐的世界里,忽然可以静下来读一卷发黄的诗页。那种感觉其实是非常迷人的。

李商隐的晚唐经验,其实是在繁华过后如何去整顿自己。我觉得"整顿自己"是李商隐的诗的重点,当他讲荷叶、春蚕、蜡炬等种种不同意象时,其实一直在讲他自己,因为他要整顿自己。这首《晚晴》里面,属于中年的某一种沧桑感非常明显。"越鸟巢干后",向南飞的鸟,它的巢已经干了,"归飞体更轻",这里面很明显的意象就是回家。"归飞"就是李商隐要讲的怎么整顿自己,怎么找回自己生命本体的经验,而不再是向外追逐。

最重要的问题是怎么回来做自己,只有生命中有了那个貌似不重要的小小时刻,生命才能自我实现和完成。我想李商隐有一点"参禅"的经验,当他发现自己对于很多华丽的东西没有那么大的野心后,更大的企图是回来做自己。这个野心是更难完成的一部分。

此情可待成追忆

真正的华丽是在回忆中才发生的，
正处于华丽当中的人反而没有感觉

  《锦瑟》这首诗可以说把运用典故、象征、意象的写作方法发展到极致了。

锦 瑟

锦瑟无端五十弦，一弦一柱思华年。
庄生晓梦迷蝴蝶，望帝春心托杜鹃。
沧海月明珠有泪，蓝田日暖玉生烟。
此情可待成追忆？只是当时已惘然。

  有趣的是，一开始李商隐使用的技巧并不复杂，而是用了比较直接的方法。"锦瑟无端五十弦"是很没有来由的一个写法，最早很多人认为这首诗是李商隐对于自己接近五十岁的一个描述，因为他四十六岁左右去世。

  "锦瑟无端五十弦"是不是在讲他接近五十岁时的生命经验的感叹，是可以有部分保留的。我觉得这首诗可以看到诗人在他的中年时期很明显的一种心事。我喜欢这一句的主要原因是"无端"两个字。"无端"就是没有原因、没来由，就是岁月累积到一个时候，忽然觉得怎么这么快。他弹着瑟，忽然觉得瑟为什么是五十根弦，好像也在说为什么生命匆匆就要过五十年了，也许有这样的类比，不见得一定要联系在一起。我一再强调，象征诗派的意象运用可能性非常大，我会越来越跳开逐字逐句的解释方法，希望大家能够用看万花筒的方法，把李商隐的句子打碎，重新组合，这里面会产生很多迷离的经验，因为他的诗本来就不是一个清楚的逻辑。

"一弦一柱思华年"，用手拨的丝线叫作"弦"，"柱"是左手去移动的支撑着弦的东西。弹古筝的朋友可能知道，支撑弦的三角形的那个东西叫作"柱"，右手在弹的时候，左手要移动柱，等于是调音。"一弦一柱"是在讲弹琴的时候手的动作。"思华年"，人们在演奏、歌唱时，其实是在一句一句地思念自己慢慢消失的华年。这两句都不引用典故，而是直接书写，但还是很难解释，因为李商隐直接把心情讲出来，试图让我们感受到生命里的一个经验切片。

"庄生晓梦迷蝴蝶，望帝春心托杜鹃"，一个人回忆自己的一生，回忆自己生命最美好的部分，到底生命为什么值得眷恋？生命到底是什么样的状态？象征派的诗人给出的解答竟然与"文以载道"派的文人完全不同。

"文以载道"派很可能认为生命的意义在于孝、忠，但李商隐提出来的答案是非常茫然的，"庄生晓梦迷蝴蝶"用了典故，庄子早上起来发现刚才做了梦，梦到自己变成蝴蝶，在天空中到处翩翩飞舞。他想：刚才我是庄子吗？还是我刚才是蝴蝶？是我梦到蝴蝶吗？还是蝴蝶梦到我？庄子对于生命的现实与非现实，在刹那产生了不确定感。七个字当中最重要的一个字可能是"迷"，这个"迷"可能是迷恋，也可能是迷失，两个"迷"都是生命的彷徨经验，都是生命当中的某一种非理性的状态，这个字被用在庄子的典故当中，变成生命不可知的一个意象。

我觉得象征主义的诗都应该用这样的方法来看。注解李商隐的诗更好的方法，当然是大家回忆自己的某一个经验。譬如，我们可能在某一天有过一个梦境，梦醒一刹那，会觉得刚才那个梦那么真实，又开始觉得它不真实。这是人生的经验，是在真实与不真实之间的感受。

下一句"望帝春心托杜鹃",重点在"托",生命是茫然的,生命的真理并不清楚,我们迷惑、迷失、迷恋,可是热情还在,"托"是付托、寄托,将生命全部托付在这件事情上。这里又用了一个典故,三星堆出土的文物中,画着一个长着鸟的身体和人的脸的皇帝,叫作杜宇,他站在一朵花前面。他把皇帝的位置让给别人,死后化成一只鸟,每当春天来临之前,他会一直叫,想把春天叫回来,叫到最后他的血会喷出来,染红一种白色的花,就是杜鹃。

这个故事非常像王尔德写的夜莺,两者都有一种生命的热情。春蚕也好,蜡炬也好,夜莺也好,都在讲同一个东西,就是生命的热情与燃烧。

"沧海月明珠有泪,蓝田日暖玉生烟",这两句诗完全用意象组成。沧海、月明、珍珠和泪水,分别都是意象。这里面有很多古代的传说。传说在夜晚月圆的时候,蚌壳会一一打开,让它的珍珠去吸收月亮的精华。这是一个很美丽的意象,我们会感觉到一粒一粒圆形的珍珠与天上的明月之间有了互动关系。另外一个传说是"鲛人",其实就是中国的美人鱼的故事,她在月圆的晚上会一边唱歌一边哭,她掉下来的每一滴泪水都会变成珍珠。这两个传说合成了"沧海月明珠有泪"。李商隐只是让大家觉得生命是这样的状态,与春蚕、蜡炬的状态完全一样。日日夜夜都有一个自己想要完成的目标,珍珠要变圆,泪水不断地流,月亮缺了再圆,海洋中的潮汐来来去去。其实李商隐在讲大自然当中所有生命的状态,不过就是一个意象,在讲生命无怨无悔、永续不断的状态。宇宙间纷繁的意象,蝴蝶、沧海、明月、珍珠、泪水,都像梦幻泡影。

每次把这首诗翻译成法文、英文给朋友看,都失败得一塌糊涂,因为法文、英文的文法太严格,一定要有主词、副词。怎么解释珍珠有眼泪呢?汉字最适合这样来表达,因为所有的意象全部是独立的。我觉得汉诗最适合象征诗派,非常精简,能够把意象用到最浑圆的状态,可以呈现一种迷离的经验。"沧海、月明、珠、泪"很像万花筒中那种晶莹的经验，好像在看折射的光。汉诗不仅是叙事，更是一种迷离错综的经验，竟然可以把生命里面的某一个复杂得讲不清楚的东西，用几个字写出来，这就是诗歌中意象的重要性。诗的意象，是生命经验的再现。

"沧海月明珠有泪"里有一种很大的情感，"珠"与"泪"都是客观的，只要加上"有"字，珍珠有泪，就有了主观性。"有"字一放，意境全出。"蓝田日暖玉生烟"也运用了典故。蓝田是产玉的地方，传说地底下有宝物，白天太阳升起来的时候，那个地方就会冒出一层烟雾。这个意象很朦胧，蓝田是一个地名，太阳暖了、玉、烟都是一个个意象，李商隐把这些意象组合在一起。珍珠和泪有形状上的连接，因为都是圆的、透明的。玉与烟好像更难连接，可是玉里面有一种温润，烟里面好像有一种向往，似乎也是可以联系在一起的。

李商隐把人的生命经验复杂化，这样讲起来，我们会发现最美的这四句诗，都是在讲他给自己的答案，就是自己的生命到底是什么样的状态，到底有什么价值，到底有什么意义。那些"文以载道"的内容他好像都没有，不过是回来完成自己的私情，所以最后宁可说他的生命意义就像庄子梦到蝴蝶，像望帝在春天把花染红，像月圆之夜的大海里面珍珠的形成，像地底下被深藏的玉，即使在最不被了解的状况里，还会冒烟，去感觉太阳的温暖。这是四个生命的经验。诗人在"思华年"的过程当中，为自己找到了四种生命不同的状况。

"此情可待成追忆？"李商隐每次用了很多意象之后，就会转回来直接抒写。李商隐意象用得极好，可是他又不会固执地使用意象。当他讲"此情可待成追忆"的时候，像是用白话书写，就是说这个情感可以变成一生一世永远的回忆。"此情可待成追忆"是讲前面的庄生迷蝴蝶、望帝托杜鹃、沧海月明和蓝田日暖，"只是当时已惘然"其实是在讲盛唐，回忆时那些过往都变成了华丽。真正的华丽是在回忆中才发生的，正处于华丽当中的人反而没有感觉。我相信我们每一个人回忆自己的生命，都是这样，想想自己的初恋，想想自己某一次很重要的生命经验，大概都是"此情可待成追忆"，这是生命里会一直怀念、回忆的部分。只是那些，都已经过去了。

可以看到李商隐把晚唐经验做了一个最好的类比，而且从个人私情的经验，扩大到几乎每一个人都可以在里面投射的生命体验。我不认为私情文学只属于诗人个人，因为每一个人都有私情。我们一直以为，大家都可以对大爱的文学进行自我投射，其实不见得。《石壕吏》中有大爱的经验，可是如果我们没有经历悲惨的战争，有时也进不去，反而像这种私情经验，一般人多多少少都会有。认为私情文学都是个人的小世界，别人没有办法参与，是"文以载道"的文学传统对私情文学很大的误解。

李商隐直接把生命的私情扩大成一个非常重要的东西。大家可能会觉得李商隐是一个典故用得极好的人，但就算不知道庄子的这个典故，不知道望帝的典故，文字本身的感觉仍是可以传达的，象征诗派可以把一个典故的艰难转成文字的迷人。所以"迷蝴蝶"三个字已经形成很特别的意象，因为它非常华丽，而且有一种视觉上的美感。周昉的《簪花仕女图》中，最后一个女子穿着那么华丽的衣服，手上拿着蝴蝶的尸体，这是一种很奇怪的经验，它很华丽，同时又是死亡，所以李商隐用迷惑、迷失、迷恋，去总结这样一个很特别的生命状态。

世界微尘里，吾宁爱与憎

正是因为太过爱这个人世间，
才不畏惧受伤地去拥抱

《北青萝》比较特别，这首诗在《唐诗三百首》中也被选出来。我觉得它并不是李商隐最有代表性的作品，可是从中可以看到李商隐曾经有这种心境。这首诗让我们感觉到他好像已经完全忘情了，比较像读佛经读到很深，已经把华丽眷恋全部都舍弃掉的感觉，事实上李商隐留下来的美学典型不是这一类。

北青萝

残阳西入崦，茅屋访孤僧。
落叶人何在，寒云路几层。
独敲初夜磬，闲倚一枝藤。
世界微尘里，吾宁爱与憎。

"残阳西入崦"，崦嵫山是传说中太阳回去睡觉的山，这里是残阳，李商隐的生命经验都是从这样的意象开始抒写，有种晚唐的华丽感。"茅屋访孤僧"，这个句子我们不太熟悉，感觉李商隐好像一直都流连在宴会、繁华中，从来没有看过他跑到茅屋里去找一个僧人。"落叶人何在，寒云路几层"，这是描写自然，同时又在讲自己的心境。枯冷的秋天，叶子都掉完了，"人何在"，好像讲在生命的枯萎中，自己到底要在哪里安身立命，所以才去访僧，才去求道。其中的"人"与"路"都是象征，是要找真理的路、求道的路、生命领悟的路。这么多云弥漫在前面，路到底在哪里？有一点迷惑。"庄生晓梦迷蝴蝶"中，李商隐的"迷"与眷恋牵扯不开，他总是迷惑于华丽的东西,现在却是"寒云",有一点冷。

这首诗的调子比较冷,下面的诗句更明显:"独敲初夜磬,闲倚一枝藤。"刚刚入夜的时候,一个人坐在那里敲庙中的磬,念着佛经,倚靠着一枝藤杖。"世界微尘里,吾宁爱与憎",这个时候李商隐大概正在读《楞严经》,《楞严经》里面提到世界是微尘,我们自己的生命微小如沙砾,沙砾还谈什么爱恨?《楞严经》是对爱恨的一种提醒与解脱,提醒世界不过就是微尘,是虚幻的状态,我们的爱或恨其实是自己假造的虚幻之象。李商隐好像在告诉自己:我何必又有爱又有恨?

我们当然很希望李商隐读佛经没有读通,如果他读通了大概就没有现在这些诗了。李商隐始终在舍得与舍不得之间徘徊,《楞严经》当然是要人舍得,他读完经以后,觉得自己好像可以舍得,所以对自己说"吾宁爱与憎"。第二天起来大概就忘了,又开始"春蚕到死丝方尽",后一种生命经验是李商隐留给我们最美的感动。因为里面有热情,如果没有热情,就没有"吾宁爱与憎"了。爱与憎就是对热情的舍弃,李商隐一生也没有真正舍掉热情,在舍得与舍不得之间,才有了"庄生晓梦"的经验,也才有了"珠有泪"的经验。"热情"是李商隐诗最大的特征,王尔德也是如此,他们文学的基础都是热情,甚至是激情。

正是因为有激情,才产生了巨大的幻灭感。正是因为太过爱这个人世间,才不畏惧受伤地去拥抱。王尔德的故事中,夜莺把心脏贴在刺上面,唱出最美的歌曲。故事里的大学生在写情书的时候,听到了夜莺的歌声,他从来没有听过夜莺这么美的声音。夜莺的心越痛,歌声就越美,最后所有的血液都到了玫瑰花之中。这里讲的就是一个人为了自我完成,热情会不断地注入。读到《北青萝》,会觉得李商隐如果完全照这样的体悟写下去,大概不会有"相见时难别亦难",也不会有爱与憎了。李商隐最大的特色就是缠绵,就是牵扯不断的情感。

生命的荒凉本质

生命的存在本质上是虚无的，
所谓不虚无的部分都是我们的假设

《夜雨寄北》也是大家很熟悉的一首诗。

夜雨寄北

君问归期未有期，巴山夜雨涨秋池。
何当共剪西窗烛，却话巴山夜雨时。

这首诗从头到尾好像什么讯息都没有透露，我们只能推测诗人是写给北方的朋友或他的妻子。"君问归期未有期"，他不知道怎么回答，因为的确不知道什么时候回来。李商隐这么会用典故的人，在讲生命里最深的经验时，却如此白话。他有自己独特的句法形式在里面。

"君问归期未有期"又是一种两难。能告诉人家一个回来的时间也好，可是真的没有。生命好像就是流浪，所以也不知道此一别什么时候会再见面。在这样的状况下，最后只好把话岔开，"巴山夜雨涨秋池"，说你看我在四川，外面在下雨，刚好是秋天，水池中的水越涨越高了。

这很像一个电影镜头忽然转开。对方一直问你到底什么时候回来，问到有一点难过，有一点感伤，忽然把镜头转开去拍一直下的雨，慢慢涨起来的水池。好像在讲自然里面的风景，其实又是讲心里面弥漫的一种情感。有没有感觉到盛满了心事的水池，水好像都要漫出来了？我觉得一个诗人的厉害，在于他既是客观，又是主观，第一句是"君问归期未有期"，第二句他转开了，顾左右而言他。顾左右而言他的时候，是心事讲得最好的时候。

"何当共剪西窗烛",又开始直接描述:我们什么时候可以在一起剪蜡烛芯呢?以前的人点蜡烛,蜡烛燃烧到某个时候,要把烛芯剪一下,它才会更亮。"却话巴山夜雨时",又绕回来了,两个人在一起聊天,聊聊巴山下着雨的夜晚。李商隐的句子总是绕来绕去,不直接把答案讲出来,而是在缠绵之中,呈现生命舍得又舍不得的两难状态。

这里面有一种独特的趣味,我们能感觉到一种深情。任何一种深情到了最后,都是缠绕的状态,在知道与不知道之间,在了解与懵懂之间非常暧昧的状态。李商隐诗中的光线常常不是明或者暗,而是灰,一种迷离状态。这当然可以看到李商隐作为一个诗人很特殊的生命风格,他个性上有些纠缠不清。我相信他的爱情大概也是如此,所以才写了这么多的无题诗,连题目他都不知道应该怎样去起,连对象都不愿意写清楚。

我觉得李商隐是最没有心机的人,他听到巴山夜雨,就写巴山夜雨。我再给大家一个建议吧,要注解李商隐,第一个看王尔德,第二个看克日什托夫·基耶斯洛夫斯基导演的《十诫》。他在传记中说,导演这部电影时,一个人拿起打火机点火就是点火,如果火没有亮就是打火机坏了,就是这么简单。他说不需要去找影射。其实更高明的象征是呈现自己原有的状态。

这首诗,甚至也可以说根本不需要注解,要去感受诗里音韵的漂亮,去感受重复的"巴山"的音节关系,"君问归期未有期"中两个"期"的呼应关系。事实上,所有这些重复,使得诗里面环绕的力量得到增强,变成一个非常精彩的小品。大家会觉得,到了晚唐,好像没有办法写出盛唐时代李杜那种长诗,东西都好精简,像晶莹的珠子一样,好像所有复杂的东西都被收在小小的珠子当中,晚唐诗人通过这个珠子反映外面的世界,而不是带领我们去看外面的世界。

《嫦娥》里面的经验也非常类似。

嫦　娥

云母屏风烛影深，长河渐落晓星沉。
嫦娥应悔偷灵药，碧海青天夜夜心。

这是李商隐主题比较清楚的一首诗。嫦娥是我们非常熟悉的神话人物，传说她为了能够长久保有自己的美貌与青春，偷吃了西王母送给后羿的长生不老药，飞到了月宫，然后长长久久住在月宫当中。李商隐把这个故事颠覆了，他写"嫦娥应悔偷灵药"——她大概很后悔吧。为什么会后悔？因为偷吃灵药后，"碧海青天夜夜心"，一生一世都在月宫里面，冷得不得了，一个人很孤独，又凄凉又寂寞。

我很喜欢这首诗的开头，"云母屏风烛影深"，"云母"是一种矿物，发出的光泽有一点像贝壳里面的光，唐朝人用它来做屏风。李商隐看到云母的屏风映照出烛光，在视觉上这是个非常漂亮的画面。他用一个"深"字去形容屏风所照出来的烛影，有一点像镜子投射出来的冷光，烛光经过云母这种冷灰色调的矿物反射以后，变成非常深邃的光。李商隐还写过"沧海月明珠有泪"，他总是在经营光线，是一种视觉上很迷离的经验与记忆。

"长河渐落晓星沉"，好像一整个夜晚都在点着蜡烛聊天，屋外的银河慢慢西斜了，"晓星沉"，到了早上星星也都快要消失了，这是在讲时间。看到第三句才恍然大悟，原来诗人在讲嫦娥。嫦娥在月宫里每个晚上都在经历浩大宇宙当中的荒凉。李商隐也借着嫦娥，讲自己生命的荒凉本质。不管你是不是长生不老，怎么去偷取灵药，不管是不是升到天上去，荒凉是本质。这很像存在主义的理念。存在主义哲学认为生命的存在本质上是虚无的，所谓不虚无的部分都是我们的假设，我们觉得生命有意

义也是我们假设的。对萨特（1905—1980）、加缪（1913—1960）他们来讲，生命在死亡之后什么都没有，就是虚空。我们借着各种宗教、哲学的方法来讨论生命的意义，都是在假设，科学到现在都没有给出证明。这个假设一旦拿掉，荒凉本质就会出来。

　　我想李商隐是非常前卫的，因为他不爱从儒家的角度出发，甚至也不完全是从老庄的角度出发。如果从儒家的角度来讲，长生是好的，因为儒家肯定生；如果从老庄的角度讲，嫦娥是好的，她已经成仙，因为老庄希望成仙。李商隐把这两个东西都否定了，他觉得成不成仙最后都是荒凉。在李商隐看来，生命的热情可以完成就好了，"碧海青天夜夜心"对他来讲不是意义，重要的是生命在激情的刹那是否自我完成，所以他歌颂的是"春蚕到死"或者"蜡炬成灰"。我们会发现他与儒道两家都不合，与佛也不合。他没有真正要完全解脱，他就是眷恋人世。这非常像十九世纪末波德莱尔这类象征派的颓废诗人，有世纪末的感觉。

寻找知己的孤独

他在爱所有其他人之前，
首先爱的是自己的生命状态，
他有一种对自己的悲悯

《流莺》也是李商隐非常好的一首诗。

流　莺
流莺漂荡复参差，渡陌临流不自持。
巧啭岂能无本意，良辰未必有佳期。
风朝露夜阴晴里，万户千门开闭时。
曾苦伤春不忍听，凤城何处有花枝？

我已经讲过王尔德的《夜莺与玫瑰》，可以发现李商隐与王尔德这两个诗人对"莺"这个主题有一种执着。李商隐还写过另外一首与莺有关的诗——《天涯》：春日在天涯，天涯日又斜。莺啼如有泪，为湿最高花。如果莺啼哭时有眼泪的话，眼泪会把最高处的花染湿。我们会觉得这两个人用的意象相似到令人觉得不可思议，这里的"流莺"当然讲的是李商隐自己，就像王尔德的夜莺在讲他自己。"流莺漂荡复参差"，一开始就是春天，"参差"与"漂荡"都是在讲流莺没有办法把持自己的身体，因为身体太小，风吹来的时候，就在那边飘荡，有一点流浪与漂泊的感觉。"渡陌临流不自持"，越过了阡陌，从田中飞过去，有时候可能飘到河流的旁边，没有办法把持自己的状态。这一句已经点出了人对自我生命的漂流和落魄无法自主的感伤。

春天黄莺的叫声像歌声一样，是最美的歌声。唐朝的雅乐当中，有一首名字就叫《春莺啭》❍。"啭"是指很美妙的鸟歌唱的声音。"巧啭岂能无本意",唱出这么美的歌声一定要传达什么意思吧?李商隐把自己生命的热情与流莺的意象混合在一起,流莺和春蚕、蜡炬是同样的意义。流莺这样一直叫,一定是希望有人听懂它。背后的意思是说,流莺是孤独的,如此美丽的声音没有人懂,就像王尔德写的夜莺最后死在玫瑰树下,早上大学生出来的时候看到了玫瑰,可是没有看到夜莺的尸体。李商隐在这里讲生命的热情不见得会被人看到,也不见得会被人懂,不一定被别人珍惜,自己珍惜就好了。"春蚕到死"与"蜡炬成灰"都是自我完成的形式,所以"巧啭岂能无本意,良辰未必有佳期",黄莺生活在春天——最好的季节,可是未必能够有"佳

❍《春莺啭》是唐代著名软舞。据《教坊记》记载:"《春莺啭》:高宗晓声律,闻风叶鸟声,皆蹈以应节。尝晨坐,闻莺声,命歌工白明达写之,遂有此曲。"《春莺啭》是唐高宗早晨听到莺叫声,命乐工白明达写曲,并将这个曲子称为《春莺啭》。此乐舞传至日本后又被称为《梅花春莺啭》《天长宝寿乐》。

期",未必能在这个季节当中碰到对的对象,未必能够真正被了解。这又是李商隐对自己孤独的感伤。在此,象征诗派意象的应用已经非常明显,所谓象征就是把自己与对象交叠。我看到眼前的花,把自己投射进去,当我在谈花的凋零时,其实也在谈自己生命的凋零,这就是象征。

诗人觉得流莺是他自己,就出现了自怜。李商隐是自己生命最大的眷恋者,他在爱所有其他人之前,首先爱的是自己的生命状态,他有一种对自己的悲悯。"风朝露夜阴晴里",在刮风的早上、下露水的夜晚、阴天、晴天,流莺好像都这样飘荡着。"万户千门开闭时",在这样一个繁华的城市,有这么多人家,这些门开了又关,关了又开,可是谁为我们开这扇门,谁又为我们关这扇门?这两句很明显,李商隐从流莺引到了对自己孤独的感叹,他在感叹自己到底在忙什么。

"曾苦伤春不忍听",这个时候诗人又感叹流莺,觉得每次听到它的叫声,就是感伤春天又来了,不忍心去听。有一点像王尔德提到夜莺把心脏贴在玫瑰刺上叫出来的声音,人是不忍去听的,因为知道是用生命最大的苦,才会换来最美的东西。"苦"与"忍"是李商隐对自己生命另外一个形式的投射,"凤城何处有花枝?""凤城"是指长安城,在这样繁华的长安城,什么地方有让黄莺可以停下来休息一下的花枝?这个问句非常巧妙,有一点像苏轼后来写的"拣尽寒枝不肯栖"。这个城好像连一个让黄莺停下来休息的花枝都没有,这当然是在讲诗人自己的孤独。在他寻找生命的知己的过程里,几乎是绝望的状态,所以才会有这样的问句。

典型的情诗

诗中只是在讲心情的状态，
里面有一种浪漫与神秘混合的感觉

《春雨》是我很喜欢的一首典型的情诗。我们不知道对象是谁，不知道这个人在什么地方，不知道恋爱状态如何，诗中只是在讲心情的状态，里面有一种浪漫与神秘混合的感觉。

春 雨

怅卧新春白袷衣，白门寥落意多违。
红楼隔雨相望冷，珠箔飘灯独自归。
远路应悲春晼晚，残宵犹得梦依稀。
玉珰缄札何由达，万里云罗一雁飞。

"怅卧新春白袷衣"，春天时把袍子脱了，换成白布做的袷衣。因为外面在下雨，所以没有出去，而是卧在床上，心情很寥落。李商隐常常用"怅"字，有一种惆怅，一种淡淡的忧郁的感觉。然后有一点懒懒的，所以用"卧"，不是那种骑着马出去打猎、打仗的人，有一点困倦，有一点慵懒。我觉得"白袷衣"用得很好，有时候我们穿了一件白色的、质感很好的衣服，肉体与白布接触的感觉非常美妙。这首诗里用了很多精彩的色彩关系，尤其是白与红。白是冷色调，里面有一种荒凉，有一种寂寞，有一种空灵。法国画家莫里斯·尤特里罗（1883—1955）有一段时间画画都用白色，非常荒凉的感觉。红是热情，是一种饱满，是一种温暖，是一种体温的感觉。我觉得李商隐写的已经不再是形象，不再是事件，而是色彩，特别是色彩关系。"白门寥落意多违"，又用了"白"，过去以

"白门"指男女欢会的地方,"白门寥落"就是曾经欢会过的地方,现在人大概不在了,有一点追忆过去的惆然。希望在一起的意愿没有办法达成,"违"是违反的意思。

神秘性的开头之后,出现了非常漂亮的句子——"红楼隔雨相望冷"。这句诗用了感受完全相反的"红"与"冷"做开头和结尾,在这里李商隐把红变成了冷,特别显现出晚唐的感觉。周昉的《簪花仕女图》用大片大片的红,就是一种冷红。有时候我们觉得法国野兽派画家马蒂斯(1869—1954)的红用得非常暖,可是周昉的红完全是冷的,让人觉得那个红没有温度,晚唐的红是华丽的,可是是冷的,非常奇特。张爱玲的小说有时候也用到非常冷的红,《金锁记》里面的曹七巧,是一个非常美的青春少女,嫁到有钱人家,嫁给一个没有办法同她圆房的男子。喜事是大红的,可是又令人感觉到红是她青春的死亡。她嫁过去只是一个形式而已,那个红很冷。"隔雨"也有它的意义,诗人在看红楼,红楼一定与他的爱情有关,所以他隔着雨还在看,红楼非常神秘,是他的怀念和回忆,是他曾经有过的最美好的记忆。隔着雨相望,没有办法接近,没有办法讲话。相望怎么会冷?这首诗的意象用得这么迷人,用冷去形容一个人看另外一个人的感觉。所有的热情慢慢降低,降成低温状态。"红楼隔雨相望冷"将极度的热情一下降到冰点。

"珠箔飘灯独自归",李商隐很喜欢用珍珠的意象和其色彩意象,"珠箔"即珠帘,在这里指像珠帘一样的雨。大概是有一天,在爱情欢会之后,两个人告别了,他(诗人)远远看到一个人提着灯笼走开,他记住了灯笼上的光,记住了珍珠一样的雨,记住了独自走开的落寞感觉。这些是非常个人化的生命记忆,如果我们不在意事件的话,情绪是可以懂的。

我相信在情感的记忆中,每个人都有很私情的角落,可是这个私情

的角落被某一个诗人讲出来的时候,你回忆到的不是他的角落,而是一种对那个角落的共同情感。"红楼隔雨相望冷,珠箔飘灯独自归"这两句很多人都认为最不可解、最不容易懂,可是我觉得不见得。我们回想一下自己生命里面"珠箔飘灯"的记忆——曾经走过的一座桥,那个夜晚的路灯,曾经有过的下雨的夜晚,两个人坐在一起不讲话的状态,就会发现记忆非常清晰。小津安二郎(1903—1963)的电影里面常常有"停格",我觉得生命里也有一些画面是永远停格在那里的,我相信就是李商隐这里所讲的。"红楼隔雨"和"珠箔飘灯"都是他的停格,他一生当中不管离那个事件多远,画面都还在那里。因为是一个停格,所以变得非常动人。

"远路应悲春晼晚",路很远,这两个人大概真的分得很远了,已经告别了,其中的感情也许曾经有过,可是已经在回忆当中的感情,也不确定到底有没有发生过。有些注解提到诗中的情感对象是女道士或后宫妃嫔,但唐朝宫廷的禁卫很严,动到皇帝后宫大概不是那么容易的事。或许是李商隐在幻想,他可能远远看到后宫的角楼,感叹有好多女子的青春如此逝去。

李商隐的诗很神秘,有时候我甚至觉得他的爱情好像根本没有发生过,而是他自己生命中最美的一个部分,或者是一种很奇特的悲悯与缠绵。真正在现实里,缠绵常常会幻灭,有时候反而是在神秘的意境中才会发展。他的情诗非常特殊,事件总是那么迷离,那么不确定。

"残宵犹得梦依稀",睡觉睡到忽然醒过来的夜晚,已经快要天亮,觉得那个梦好像还在。我觉得李商隐的诗,用他自己的句子来注解最好,他的诗就是"依稀"的感觉。梦很美但已经过去了,梦境依稀还在,觉得枕边还有泪痕,还有热度。"玉珰缄札何由达",玉的坠饰与一封信怎么寄去呢?可以寄到哪里呢?"万里云罗一雁飞",大概只有让天上的大雁带去。

李商隐的诗是一个可以用无数事物去替换的数学上的"x",完全是不可知的状态。李商隐的可能性实在太大了,我们会发现他其实在讲自己生命里的神秘经验,对美的眷恋的神秘经验,情深至此的经验,对象其实是模糊的。

心有灵犀一点通

有默契就不需要任何其他东西来帮助，
生命美好到一个眼神就对了

看一下这首《无题》。无题诗是李商隐最有趣的东西，我觉得他所有的秘密都在无题当中。

无　题

昨夜星辰昨夜风，画楼西畔桂堂东。
身无彩凤双飞翼，心有灵犀一点通。
隔座送钩春酒暖，分曹射覆蜡灯红。
嗟余听鼓应官去，走马兰台类转蓬。

"昨夜星辰昨夜风"，有一点无话可讲的感觉，诗人不描述，就说昨天晚上的星辰昨天晚上的风。风与星辰都没有什么特别，只是因为昨夜。深情到某一个状态，我们会恍然大悟：根本不是星辰，也不是风，就是昨夜本身。他重复了两次"昨夜"，这对他来讲是重要的。为什么昨夜这么重要？他开始想要透露一点点秘密，"画楼西畔桂堂东"，他透露的东西永远是神秘的。有一栋很漂亮的楼房，在桂木厅堂旁边，这是宫廷贵族生活的环境。为什么会令人联想到女道士或者宫廷里的妃嫔？大概就是因为这种环境描写。

接着他又不讲了，拉上帘子，不让你看，只讲那个时候的心情——身无彩凤双飞翼。我们会感觉他很爱这个对象，虽然觉得自己没有彩色凤凰那样的双翼，可以飞越阻隔，与对方相会，可是他又确定彼此间是有感情的，所以"心有灵犀一点通"。犀牛的角里面有一道很细的白线可以相通

两端,古代认为这个东西可以通灵。诗人觉得身份如此不同,可是彼此间有一种默契。昨夜对他来讲记忆这么深,是因为他觉得即使彼此处于不同的阶级、不同的状况,也许不可能恋爱,还是"心有灵犀一点通"。

现在通俗口语中"我们两个人真是心有灵犀一点通",就是说有默契就不需要任何其他东西来帮助,生命美好到一个眼神就对了。为什么"此情可待成追忆"?因为这里面真的有深情在。我想所有这种与深情有关的东西,对象反而常常是暧昧的。深情的主体是诗人自己,我们越去分解,越看不到这些。

从第五句、第六句,我们会发现他昨夜在哪里。"隔座送钩春酒暖",有一点不容易懂,"送钩"是当时文人喝酒吃饭时行酒令的游戏,人们在手上传一个钩,有人拿着筷子敲杯子,停下的时候,大家都不动,有一个人要猜这个钩在谁的手中,猜中则藏钩的人

第三章 李商隐

罚酒,猜不中则猜的人罚酒。隔着座位,两人端起烫过的春酒,我们会觉得里面的酒是暖的,更重要的是情感是暖的,好像有一种体温。大家都认为在玩游戏,可是李商隐觉得不是,因为一个物件从一个人的手上传到你的手上,带有那个人的体温,他感觉那个暖被送过来了。"分曹射覆蜡灯红","射覆"也是一种酒宴上的游戏,用一块布盖着一个东西,大家来猜那个东西是什么。分组来猜,叫"分曹射覆"。"蜡灯红",蜡烛燃烧得非常红。这两句是温暖的。我们会感觉到"昨夜"讲了两次,是因为那个夜晚对他来讲有很美好的回忆。

其实我们还是不知道到底发生了什么事,或者对象是谁。"嗟余听鼓应官去",美好时光要消逝了。"嗟余"就是"哎呀,真是感叹",因为听到晨鼓要去上班了,李商隐那个时候在秘书省(兰台)任职。"走马兰台类转蓬",感叹自己的一生就是每天去上班,在秘书省,人家叫你做什么你就做什么,这样转来转去,像飘转的蓬蒿一样。这首诗很有趣,"无题"背后似乎是对"公务员"生活一个很大的感叹。我们知道,天交五鼓之前,做官的人在秘书省外面某一个地方等候,那个地方变成他们赌钱、行酒令的空间。我一直觉得李商隐这首诗里面隐含着一个有趣的空间,就是他写情诗是在这个地方,在秘书省外,是他上班之前等候的地方,所以那个人一定在里面,对象是不是妃嫔或女道士就很可疑。所有东西他都切掉了,变成一幅好像支离破碎的画面。

泪与啼

热泪盈眶其实与热情有非常大的关系，一个人没有热情是不会落泪的

李商隐作为一个诗人，也许忽然有很大的兴趣去了解人在什么时候会流泪。或者我们把题目缩小一点，我想他是在问自己什么时候流泪。一个充满情感的诗人，在这首《泪》里提到了六种不同的落泪时刻。

泪

永巷长年怨绮罗，离情终日思风波。
湘江竹上痕无限，岘首碑前洒几多？
人去紫台秋入塞，兵残楚帐夜闻歌。
朝来灞水桥边问，未抵青袍送玉珂！

一个是"永巷长年怨绮罗"，"永巷"是古代宫殿里面囚禁有罪妃嫔的地方，这些女子年纪很小，非常漂亮，穿着华丽的丝绸衣服，可是她们永远住在一个难以见到人的冷清地方。对李商隐来讲，这大概是一个使人落泪的生命状态。"离情终日思风波"，第二个使他落泪的场景，大概是人与人的告别。告别之后，产生很多思念。在思念当中总是牵挂着对方的船是不是碰到了巨大的风浪，会不会发生危险。这种心情上的牵挂，这种对于自己所眷恋的人的焦虑感，会使他落泪。

我们看到诗人一步一步点出泪可以在不同的状况里流下来。在正统文学中，一般的男性文人不太可能触碰这个题目，可是李商隐给予可能被大家认为代表柔弱、脆弱的"泪"很高贵的评价。泪与热情有很大关系，我们不要忘记"蜡炬成灰泪始干"或者"沧海月明珠有泪"，都和"泪"有

很大关联。李商隐在他的生命主题里,一直把落泪这件事作为最重要的情操来看待。落泪并不完全是因为我们狭隘的私情,很多生命状态会使人落泪,比如朋友的告别,比如一个女子的青春被耽搁。

"湘江竹上痕无限",这里用到典故。传说舜在南边死去以后,他的两个妻子在湘江边哭悼他,泪水流下来滴在竹子上,留下斑痕,湖南这一带的竹子因此名为"湘妃竹"。在大自然中,留有许多古代神话中的记忆与经验。这是为爱人死亡而哭泣的痕迹。

"岘首碑前洒几多","岘首碑前"是大家不太熟悉的一个典故,有关古代一位叫羊祜的人的故事。羊祜在一个地方做官做得非常好,他死去以后,当地老百姓为他立一个碑以表怀念,到了他的忌日,百姓们会带着祭品去祭悼,因为怀念他而哭泣,他的碑上常常有许多泪水。我们发现泪会在很多不同的状况流下来,不只是狭隘的私情或是艳情,人在感动的时刻就会流下眼泪。

我相信对李商隐来讲,"泪"这个主题在这首诗里是很有趣的一种思考方式。我们在阅读这首诗的时候,大概也会有一些企图和愿望,会回想自己生命当中那些落泪的时刻。生命中的动情时刻,也许随着年纪的增长会越来越少,可是动情的那个时刻如何被看待,如何被珍惜是不一样的。就像李商隐曾经写过的"沧海月明珠有泪",泪被当成珍贵的事物来看待。在这首诗中,泪的主题一直带出不同的事件。诗人书写着不同生命不同的哭声,不同的流泪形式。

接下来,第五个事件出现了——人去紫台秋入塞。这是大家比较熟悉的"昭君出塞"的故事。一个美丽女子无辜地被嫁到举目无亲的塞外,在秋天告别了自己原来所居住的紫宫,去到大漠,这个时候会落泪,因为命运遭遇了巨大的孤独与坎坷。李商隐一步一步铺叙出生命中落泪的情境,也对各种落泪情境做了不同的描述,共同的结果都是泪。"兵残楚帐夜闻歌"讲的就是霸王别姬的故事，楚霸王在兵败如山倒之后，到了乌江边，四面楚歌，自己在国破家亡的时刻，要和一生心爱的女子虞姬告别。虞姬舞剑，楚霸王唱着歌，最后哭泣了。前面是女子的泪，或者是百姓的泪，而这里是楚霸王的泪。诗人连续写了六个事件，全部在讲泪，这是非常少见的描写方法。我们或许会因此想到自己生命中流过的泪。

李商隐点出这个主题以后，不但回应了我们对于泪的再思考，同时也扩大到历史事件当中。到第七句，他忽然转了，转成他自己，所有历史上的泪，对他来讲是他自己的泪的参照，他要讲的是他自己会在什么时候落泪。写了六个历史上的落泪经验以后，转回来变成"朝来灞水桥边问"，他忽然在早上站在唐朝送别高官的灞桥旁边，呆呆地问自己："我为什么会在这里？""未抵青袍送玉珂"，"青袍"是指身份地位较低的"公务员"，"玉珂"是指手上拿着非常高贵的信物的高官。这是他对自己生命的感叹，这个时候落泪，不是因为要去送朋友，而是因为他的职业。李商隐有一种哀伤，觉得自己作为一个底层的小公务员，在送往迎来的高官当中有种难以言表的痛苦。

如果这个人是他的好朋友，那就是"离情终日思风波"。唐诗中时常写灞桥，李商隐在这里送别的并不是好朋友，他的痛苦也在于此。这个"泪"对李商隐来讲，大概变成了最悲痛的泪。李商隐对自己的职业感到痛苦，可是也不知道离开这个职业又该怎么办。"走马兰台类转蓬"与"未抵青袍送玉珂"中，都有他对自己职业的某一种厌恨，但又充满很多的无奈。很多人并未重视这首诗最后的两句，只提到李商隐怎么描述前面六种不同的落泪历史场景，其实这首诗最后是回到他自己。而他的落泪竟然是因为"未抵青袍送玉珂"。

我想李商隐的痛苦，在于他没有办法融入他的职业，他在公事里得不到太多的快乐。这种送往迎来的应酬中，有时候说不定还要被高官们颐指气使地命令做一些什么事情，这会造成他心里面的委屈。李商隐有才华和才情，却要做一些琐碎的工作，心里会觉得不平。问题是他没有机会在科举制度里被赏识，得到一个自由度更高的工作。他在现实中的处境与他浪漫的、自由的、不受拘束的性格发生了巨大的冲突。

当我们看到这个诗人是喜欢在"锦瑟无端五十弦"那样的意境中寄托他对于生命的精致追求时，的确会发现这种送往迎来的官僚生活，对他是种伤害与打击。他大概常常出神，没有办法真正把他的工作做好。现实与理想的冲突成为《泪》最大的主题。我很希望大家对这首《泪》有不同角度的关心，这样就可以看到李商隐作为一个好的诗人，对于主题的设定，以及主题怎么样转回自身的过程处理得何等巧妙。

如果我们有机会、有兴趣在创作里做一点游戏，我想可以试试把历史中客观的东西铺排开来，比如找六个事件写泪、写恨。南北朝时期有一名作家叫江淹（444—505），写过《恨赋》，通篇都在谈"恨"，就是历史上不同的恨的状态。这是一种很另类的题目，让我们连贯地去理解什么样的事情会使人在生命当中产生恨，恨又是什么。就汉字结构而言，"恨"有心情被阻碍的意思，因为"心"字边有一个"艮"，"艮"在八卦里是山的意思。一座山把心挡住了，所以"恨"是心情被阻碍。什么样的状况会引发恨？江淹连续写了许多"恨事"，心愿不能完成，会变成恨。

这一类主题在正统的文学传统当中，被探讨得比较少。"春蚕到死丝方尽，蜡炬成灰泪始干"，在李商隐有名的《无题》中，同样可以看到他用到"泪"这个字。泪几乎也变成李商隐生命当中最大的主题。我们常常讲热泪盈眶，热泪盈眶其实与热情有非常大的关系，一个人没有热情是不会落泪的。落泪表示有热情的寄托，也许是热情在受到挫伤的时刻，就会落泪。泪的主题，使李商隐开始对自己的生命有了不同的理解，这样的情怀与盛唐时期的李白、杜甫的确非常不同。我们很少看到李白、杜甫的诗里面有这么多关于泪的描写,即使有,情怀也是非常不一样的。

李商隐的诗,语言节奏稳定、华丽,字句对仗工整,大概都到了无懈可击的地步。形式完美说明艺术创作已经到了一个状态,必须在形式上做出改变,"词"于是出现。唐朝在写诗的同时,词已经慢慢萌芽,把诗的句型打破后重新调整。形式太完美了以后,创作者就熟练了,熟练以后情感出不来,这个时候为了表达情感,反而会去破坏形式。通常我们看到凡是文学史上开始破坏形式,甚至大胆地用粗糙的形式表达的时候,就说明旧的形式已经有一点过于成熟,到了僵化的地步。

我们再看一下李商隐著名的《天涯》。

天 涯

春日在天涯,天涯日又斜。

莺啼如有泪,为湿最高花。

一开始,诗人就重复了两次"天涯"。"天涯"有流浪、漂泊的意思,有一种无限的生命的茫然感。在茫然之中,太阳西斜,"夕阳"的意象出来了。在这样的时刻,黄莺一直叫,"莺啼如有泪","啼"这个字本身有啼哭的意思,所以"泪"又出来了。李商隐始终无法忘怀的真正主题是"泪",如果黄莺啼哭的时候也有眼泪,这个眼泪大概会滋润最高处的花朵。"为湿最高花",这个"湿"用得极好,有一点像王尔德的小说里面把心脏贴在玫瑰刺上的夜莺,用血用泪来滋润生命,使花的颜色更艳丽,使花开放得更灿烂。

短短二十个字,李商隐把生命经验里最精华的感触,那些热情、激情直接书写出来,几乎是投入全部心血的感觉。

晚唐的生命情调

没有事情发生，日复一日，
岁月不动声色地过去，
这才是一种令人心里发慌的东西

大家可能对李商隐的诗的格局已经越来越清楚，比如下面这首《无题》。

无 题

来是空言去绝踪，月斜楼上五更钟。
梦为远别啼难唤，书被催成墨未浓。
蜡照半笼金翡翠，麝熏微度绣芙蓉。
刘郎已恨蓬山远，更隔蓬山一万重。

"来是空言去绝踪"，当初道别，曾有重逢的约定，如今却成"空言"，"来"与"去"都是空的，情感里有一种绝望。"月斜楼上五更钟"，好像李商隐很多美好的时刻都是在夜晚，比如"隔座送钩春酒暖"那样的场景，会在这样的时刻发生。"梦为远别啼难唤"，好像梦已经慢慢远去，告别似乎只成为梦里依稀的情境，即使哭泣，也唤不回那个梦境，梦境越来越远。"书被催成墨未浓"，这一句与上一句对仗，积累了强烈的思念，即使墨还没有磨浓，就急切地想给对方写信。

生命里面常常有这种觉得自己的情这么多，可是无法表达的感觉。我们不太在意是不是读得懂，比如"蜡照半笼金翡翠，麝熏微度绣芙蓉"，烛光残照着用金线绣成翡翠鸟图案的被子，麝香微微熏着织了芙蓉花的床帐，都在讲一种华丽。晚唐诗歌非常靡丽，这种靡丽里面有一种大唐盛世延续下来的色彩感，与大唐盛世的处理方式又不一样。晚唐诗歌已经把华丽错综复杂地变成好像连接不起来的破碎画面。

李商隐一直在描述贵族生活或者宫廷生活，比如另一首《无题》里面说到"凤尾香罗薄几重？碧文圆顶夜深缝"，都是讲宫廷里面用的那种精致的织品。"罗"是一种丝织品，非常薄，用来做帐子。女性会把这种上面绣满了凤的轻纱，缝成一个圆形，上面加一个圆顶，晚上挂起来，变成睡觉用的纱帐。这都是在讲非常女性化的华丽的视觉经验。我想李商隐不完全只是在写他自己的情感事件，而是会扩大成大唐盛世到晚唐后的生命经验，呈现出那样的色彩感与视觉感。

《簪花仕女图》和《挥扇仕女图》可以与李商隐的诗歌一起来看。周昉和李商隐的生活时代背景非常接近，《挥扇仕女图》是周昉的重要作品。这幅长卷里描述了好几个女子的生活，和李商隐的诗完全一样，周昉也把背景抽离掉。我们看到一个女子若有所思地找她的侍女，把瑟外面的锦囊抽掉，抽掉以后她就可以弹奏。我们在这里隐约感觉到，李商隐在诗中描写的某些画面仿佛呼之欲出。在大唐盛世的宫廷里，某一种落寞的女子的心情经验，李商隐用文学的方法来表达，周昉则是用绘画的方法表达出来。周昉作为一名画家，他不是描绘事件，而是描写心情。

我们感觉这个女子有心事，就像"锦瑟无端五十弦，一弦一柱思华年"，好像想对瑟讲一点心事。这些人都是后宫里的女子，一辈子可能也见不到皇帝一次，可是也不可能有其他的情感，在这样的状况里，会有一种哀怨的心情，可是哀怨又不可以讲。她们穿着最华丽的丝绸衣服，可是她们的生命停止在那个状态。我常常喜欢用周昉的画与李商隐的诗来做对比，因为这里面有很多关联，可以放在一起来做思考。

在《挥扇仕女图》里面，有一段是一个穿着红色衣袍的女官面无表情地拿着一面大铜镜，对面的女子在看自己的云鬟。还记得"晓镜但愁云鬟改"吗？忽然发现了第一根白头发的那种恐惧、害怕，那种岁月的哀伤。她那样青春健康，可是这种暗示已经让人感觉到岁月的无情，尤其是这个拿着镜子的女官面无表情的感觉，里面有一种时间的冷酷感。她们的衣服是华丽的，因为她们是宫廷贵族，可是华丽与繁华抵挡不住生命的无常。我常常觉得在看这一卷画时，可以把李商隐的诗一句句放进去。

  我觉得周昉把这两个人的表情画得真是惊人，尤其是拿镜子的这一个女子，好冷酷的感觉，她没有任何表情，她拿着镜子，其实她就是时间，代表着岁月本身。她身上的衣服是红的，这个红很冷。红色在盛唐时期是非常暖的色彩，不知道为什么到晚唐时变成冷的色彩，我们感觉到红里面有一种没有温度的感觉。在周昉的《挥扇仕女图》中，一个个女子出现，她们彼此间并没有关系，好像宫里面住着三千个佳丽，彼此间都没有太深的情感。但她们的命运是一样的，都

在发愁。周昉画的是一个象征,并没有画事件,他并没有告诉我们这个人为什么发愁。"白门寥落意多违"的"寥落",或者"向晚意不适"的"不适",都是心情上的一种闷,并没有事情发生。

没有事情发生,日复一日,岁月不动声色地过去,这才是一种令人心里发慌的东西。好像就在那里一直过着过着,然后生命就要过完了。在周昉的画里,"红"与"脸上的愁"形成强烈的对比。李商隐的诗不只是晚唐文学的代表,甚至在绘画史上,都可以看到这种美学的共通性。两相映照,可以看到晚唐时期独特的生命情调。我觉得《挥扇仕女图》画得最好的一部分,是一个绣花的绷子中间那块红色的绣布,象征着这些女子的生命与青春。她们一进到宫里,就要一针一线来绣这块布,生命也就在绣花时过去了,"永巷长年怨绮罗"中的"绮罗",大概也就是这些丝绸吧。民间百姓不会有这些丝绸,只有宫里面才有。这些女子每天在那边绣花,时常靠着绣花的绷子发呆。

她似乎有非常多的心事,我们会隐约想到李商隐诗句里面的"身无彩凤双飞翼,心有灵犀一点通",是不是她在苦闷、寂寞、孤独的宫廷生活里面,也曾经有过刹那的快乐?可是即便找到了知己,又能够怎么样?她不可能有任何的爱情,那是违反国法的。也许"心有灵犀一点通"都只是一个梦想而已。"梦为远别啼难唤",最后回来还是自己孤独地发呆,这是她们共同的命运。华丽的晚唐文学,发现了宫廷的富贵背后不可告人的哀伤,用华丽的丝绸、珠宝堆砌起来的生命,里面是荒凉的状态。

我常常跟朋友开玩笑,说大家读李商隐的诗,都觉得里面的人物应该是很纤细的感觉,没想到其实是胖胖的。一直到晚唐,唐朝对于女性的身体美都是推崇丰腴、饱满。在周昉的画中,这么圆满的脸庞,充满了如此哀愁的情绪。李商隐写过"扇裁月魄羞难掩",周昉的画里也有一个女子拿着扇子发呆,几乎是为这句诗画的插图。我觉得可以把李商隐的诗句和周昉的画面配对起来，成为最好的文学与绘画艺术之间的比喻关系。

《挥扇仕女图》大概是唐画里面最好的，包括线条的使用，几乎每一笔都是用颜真卿写字的方法。画中女子饱满的体态，也是后来临摹的时候很难画出来的。这几乎全部是唐风，唐风的一个特色就是华丽、饱满。比如"金翡翠""绣芙蓉"，就有非常华丽的感觉。《挥扇仕女图》画卷的最后，出现一个完全背对我们的人物，她坐在椅子上，胖胖的身体背对着我们，右手拿着一把红色的小扇子。她好像指着前面那些发呆的女子、要弹琴的女子、在镜子里看自己白头发的女子，向旁边一个人讲她们的故事，其实她与听故事的人也都是故事里的人。

这一段时间出现的诗句都有这种特性，比如"寥落古行宫，宫花寂寞红"（出自元稹《行宫》）。这是皇帝住过的宫殿，可是现在皇帝不来了，就成了"古行宫"。宫里的花还在开，很红，很艳丽，但也很寂寞。我们很少想到可以用"寂寞"去形容色彩，繁华当中有荒凉才叫"寂寞红"——竟然可以把色彩用到这么迷人的地步。画卷最后有一个女子，另一个坐在那里的女子好像在跟她讲话，而她已经要走到画面外面去了。我一直觉得李商隐的诗是在舍得与舍不得之间，因为舍得所以要走出去，因为舍不得所以回头。女子在走出去之前频频回首，带着眷恋而缠绵的感情。

《簪花仕女图》的作者在历史上存在争议，有人认为是周昉的画，有人认为这张画不是周昉原作，而是南唐的作品。《簪花仕女图》的线条与《挥扇仕女图》相比，显得较为细腻。南唐很多地方都继承了唐朝的华丽，但比较纤弱。我个人认为《簪花仕女图》属于李后主时代的可能性更大。南唐是词的时代，而不是诗的时代，诗比较对仗、均衡、规矩，词则比较俏皮、纤巧。《簪花仕女图》中对手指的安排，可以感觉已经有纤巧的味道了。李后主受到李商隐的影响，把李商隐的华丽感伤延续到南唐，甚至变本加厉，变成象征诗派更大的一种呈现，这两个人物是连接唐和五代的关键。

《簪花仕女图》中的女子头上戴着一大朵牡丹，头发上插着走路时会摇动的饰品。只看这些部分，就感受到"珠箔飘灯独自归"的意境。李商隐的世界里如果有一个女子，这个女子始终不会露出全貌。我们总是看到她头上的花朵在一点点颤动，或者她的一个耳环、一只手，或者裙角。总是在她离去的时刻，才恍然感觉到她好像刚才在这里，这种感觉在文学里面非常难书写，必须是深情眷恋过，又失去，才容易描述得出来。

李商隐诗中有一种神秘感，是非常迷离的效果。遮掩当中反而使人对那个神秘的内在世界产生更大的好奇。在注解李商隐诗的时候，无论他讲凤尾香罗，还是讲帐子、讲扇子，都是断裂的。人物没有被描述，而是通过物件来说明人物。一把扇子就让我们看到一大朵牡丹的华丽，王公贵族的华丽也借着一把扇子直接书写出来。

《簪花仕女图》中，女子的身体上只有一件红色的裹肚，外面披了一件纱衣，手上拿着一把宫扇。在晚唐到南唐的作品里，观者会感觉到存在着一个女性的世界，这是一种很奇特的入迷状态。她的表情没有在事件当中，而是在发呆，每一个角色与另外一个角色之间都没有关系，产生了一种极大的孤独感。这个部分画得极好，我很希望大家可以在这里感觉李商隐诗中的意境，比如"远路应悲春晼晚"，读的时候，我们会感觉到一个女子慢慢在走远。中国艺术在表现"走"时，不会用很大的动作，我们看不到她走，可是能看到线条全部都是晃动的，所以感觉到她在走。一个人慢慢离开，有一点舍不得，步伐迟缓，袖子微微在动荡，不是因为风，如果是风的话，这么薄的纱，会飘得很厉害。只因为她在走，身体所发生的动荡，会在线条里被描述出来。《簪花仕女图》与李商隐的诗对照起来，会感觉他们好像捕捉到某一种共同的东西，然后把这里面一种很迷离、恍惚的经验传达出来了。

李商隐喜欢描述荷花、荷叶，或者是"更持红烛赏残花"，繁华到了极盛，开始有感伤，为了眷恋，甚至不惜在夜晚点起蜡烛去看一下已经要败落的花。在这幅画中，会感觉到这些美丽的女子已经产生了华丽到极致以后要凋败的感伤。女子身上的衣服也是罗，当然非常难画，因为必须要照顾到形体，还有罗上面的衣纹，由于是透明的，两层东西都要画出来。

要解释"寂寞红"，也许《簪花仕女图》比《挥扇仕女图》更恰当，因为其中的红很艳，可是我们会觉得好像是死掉的红。红色里面有织出来的细纹，画家全部把它描绘出来了。有三块红需要仔细看一下。一个紧紧地贴着身体，好像带着人的体温，外面被一件白色的罗衣盖住。拖在地上的这块红特别强烈，里面有很多缠绵，很多牵连不断的感觉，非常艳，同时又很无奈。象征诗派一定要从抽象的角度去理解，比较难像杜甫的诗那样直接去描绘，因为杜甫是写实的。象征诗派里面的"白"与"红"变成画面中另外一种对话关系，与画家用到的白与红有同样的作用。还有衣服下摆这里的红色，几乎变成透明，红色的透明的纱与白色肌肤形成衬托关系。她在走路，所以裙摆飘开了。纱很轻，裙摆飘开时，露出里面内衣的裙摆。这里的线条会让人感觉到她在行动，上身没有动，只有下摆在微动。这非常像李商隐的描述方法，让人感觉到很大的热情，可是又好像冷冷的。

最深的情感

那种飘忽的、暧昧的、迷离的情感，
可能更多是出于自恋与自怜

李商隐还写过一首诗叫作《重过圣女祠》，我们发现李商隐爱恋的对象似乎是神女、仙女。

重过圣女祠
白石岩扉碧藓滋，上清沦谪得归迟。
一春梦雨常飘瓦，尽日灵风不满旗。
萼绿华来无定所，杜兰香去未移时。
玉郎会此通仙籍，忆向天阶问紫芝。

诗人看到一间圣女祠，大概长久没有人祭拜了，所以白石做的门已经长了很多苔藓。"白石岩扉碧藓滋"，"白"与"碧"都是颜色，白色的石头和绿色的苔藓。"上清沦谪得归迟"，圣女在天上时住在上清宫里，大概做了什么违法的事情，被贬到人间来，现在还没有回去。他在讲人世间美丽的女子，是从天上贬下来的，有一天还要回去，还要成仙。"一春梦雨常飘瓦"，春天来的时候雨就一直下，飘在祠堂的瓦上，他在"雨"前面加了一个字——"梦"，雨像梦一样。"尽日灵风不满旗"，风吹着幡旗，可是又好像没有风，所以旗子有一点飞不起来，一直停在那里，有点好风不满的遗憾。这首诗的确很难懂，但我一直觉得这首诗里面，有李商隐最深的情感。

"萼绿华来无定所，杜兰香去未移时"，这里有两个典故，是关于"萼绿华"和"杜兰香"这两个得道女仙的故事。萼绿华下凡时没有固定居住的地方,而李商隐喜欢的感情,似乎也是暧昧的、不明的、神秘的、飘忽的、恍惚的、迷离的。"杜兰香去未移时",杜兰香不久之前也升天离去,两位仙女终究回到了天上,圣女却"归迟"了。"玉郎会此通仙籍",当年掌管仙籍的玉郎,曾帮助圣女升上仙界,"玉郎"也可能是在讲诗人自己,暗示自己与圣女的一段情。"忆向天阶问紫芝",那时圣女曾在天宫的台阶上,采集紫色的灵芝,如今却沦谪尘世。当李商隐用到"忆"这个字的时候,可能是他觉得自己就是"上清沦谪"的圣女,如果对这首诗去做心理学上的解剖,会发现李商隐所有神秘诗的对象,有可能就是他自己的梦想。因为这个圣女根本不存在,所以她可能不是女道士,也不是妃嫔。

我们会越来越体会到李商隐的神秘性,那种飘忽的、暧昧的、迷离的情感,可能更多是出于自恋与自怜。李商隐的诗句,有时候真的不见得要读整首诗,一个句子"啪"地跳出来,一下就打动人,不像《长干行》《石壕吏》,一定要逐字逐句连贯去读。李商隐的诗句是一些可以被打碎的晶莹珠片,他把沧海、月明、珠与泪都打碎了,打碎以后重新组合,便产生了这么独特的美学感觉。

在幻灭与眷恋之中,李商隐完成了一种神秘的浪漫,打动人心,传颂至今。

诗,也许不全然需要解读,而是需要用心去聆听,听到自己内在的声音。

附录

石壕吏①

杜 甫②

暮投③石壕村,有吏夜捉人。
老翁逾墙走,老妇出门看。
吏呼一何④怒!妇啼一何苦!
听妇前致词⑤:三男邺城戍⑥。
一男附书至⑦,二男新⑧战死。
存者且偷生,死者长已⑨矣!
室中更无人,惟有乳下孙⑩。
有孙母未去⑪,出入无完裙⑫。
老妪⑬力虽衰,请从吏夜归,
急应河阳役,犹得备晨炊。
夜久语声绝,如闻泣幽咽⑭。
天明登前途,独与老翁别。

(入选部编版语文教科书八年级下册)

[注释]

①选自《杜诗详注》卷七(中华书局1979年版)。唐肃宗乾元元年(758),为平定安史之乱,唐军围攻叛军所占的邺(yè)郡(今河南安阳),胜利在望。次年春,形势发生逆转,唐军全线崩溃,退守河阳(今河南孟州),并四处抽丁补充兵力。杜甫此时从洛阳回华州(今属陕西渭南),途经新安、石壕、潼关等地,根据目睹的现实写了一组诗,《石壕吏》是其中一首。石壕,即石壕村,在今河南三门峡东南。吏,小官,这里指差役。②杜甫:712—770,唐诗人,字子美,河南巩县(今河南巩义)人。其十三世祖为晋名将当阳侯杜预,郡望京兆杜陵,故其每自称"杜陵布衣"。六世祖叔毗之前已迁居湖北襄阳,又自称"襄阳人"。后因住于长安城南少陵原,遂自号"少陵野老"。③投:

投宿。④一何:多么。⑤前致词:走上前去(对差役)说话。⑥戍(shù):防守。⑦附书至:捎信回来。⑧新:最近。⑨已:停止,这里指生命结束。⑩乳下孙:还在吃奶的孙子。⑪有孙母未去:(因为)有孙子在,(所以)他的母亲还没有离去。⑫完裙:完整的衣服。裙,这里泛指衣服。⑬老妪(yù):老妇。⑭幽咽(yè):形容低微、断续的哭声。

茅屋为秋风所破歌①

杜 甫

八月秋高风怒号,卷我屋上三重茅②。茅飞渡江洒江郊,高者挂罥③长④林梢,下者飘转沉塘坳⑤。

南村群童欺我老无力,忍能对面为盗贼⑥。公然抱茅入竹去,唇焦口燥呼不得⑦,归来倚杖自叹息。

俄顷⑧风定云墨色,秋天漠漠⑨向昏黑⑩。布衾⑪多年冷似铁,娇儿恶卧踏里裂⑫。

床头屋漏无干处,雨脚如麻⑬未断绝。自经丧乱⑭少睡眠,长夜沾湿何由彻⑮!

安得广厦千万间,大庇天下寒士⑯俱欢颜!风雨不动安如山。呜呼!何时眼前突兀⑰见此屋,吾庐独破受冻死亦足!

(入选部编版语文教科书八年级下册)

[注释]

①选自《杜诗详注》卷十(中华书局1979年版)。这首诗作于唐肃宗上元二年(761),当时安史之乱还未平定。诗中的茅屋即指成都近郊的草堂。②三重(chóng)茅:多层茅草。③挂罥(juàn):挂着,挂住。罥,挂结。④长(cháng):高。⑤沉塘坳(ào):沉到池塘水中。坳,水势低的地方。⑥忍能对面为盗贼:竟然狠心这样当面做抢掠的事。忍,狠心。能,如此、这样。⑦呼不得:喝止不住。⑧俄顷:一会儿。⑨漠漠:阴沉迷蒙的样子。⑩向昏黑:渐渐黑下来。向,接近。⑪衾(qīn):被子。⑫娇儿恶卧踏里裂:孩子睡相

不好,把被里蹬破了。⑬雨脚如麻:形容雨点不间断,像下垂的麻线一样密集。⑭丧乱:战乱,指安史之乱。⑮何由彻:如何挨到天亮。何由,怎能、如何。彻,到,这里是"彻晓"(到天亮)的意思。⑯寒士:贫寒的士人。⑰突兀(wù):高耸的样子。

春 望
杜 甫

国破山河在,城①春草木深。
感时花溅泪,恨别鸟惊心。
烽火②连三月,家书抵万金。
白头搔更短,浑③欲不胜簪④。

(入选部编版语文教科书八年级上册)

[注释]
①城:指长安城,当时被叛军占领。②烽火:古时边防报警的烟火。这里借指战事。③浑:简直。④不胜簪(zān):插不住簪子。胜,能够承受、禁得起。簪,一种别住发髻的长条状首饰。

闻官军收河南河北
杜 甫

剑外①忽传收蓟北②,初闻涕泪满衣裳。
却看妻子愁何在③,漫卷④诗书喜欲狂。
白日放歌须纵酒⑤,青春⑥作伴好还乡。
即从巴峡穿巫峡,便下襄阳向洛阳。

(入选部编版语文教科书五年级下册)

[注释]

①剑外：指作者所在的蜀地。②蓟北：泛指唐朝蓟州北部地区，当时是叛军盘踞的地方。③却看：回头看。妻子：妻子和孩子。④漫卷：随意收拾。⑤白日：与下句"青春"意复，故不取。放歌：放声高唱。纵酒：开怀畅饮。⑥青春：春天。

登 高①
杜 甫

风急天高猿啸哀，渚清沙白鸟飞回②。
无边落木③萧萧④下，不尽长江滚滚来。
万里⑤悲秋常作客，百年⑥多病独登台。
艰难苦恨繁霜鬓⑦，潦倒⑧新停⑨浊酒杯。

（入选部编版高中语文教科书必修上册）

[注释]

①选自《杜诗详注》卷二十（中华书局2015年版）。这首诗是唐代宗大历二年（767）杜甫流寓夔州（今重庆奉节）时的作品。登高，古人重阳节有登高的习俗。②鸟飞回：鸟（在急风中）飞舞盘旋。③落木：落叶。④萧萧：草木摇落的声音。⑤万里：指远离故乡。⑥百年：这里借指晚年。⑦艰难苦恨繁霜鬓：意思是，一生艰难，常常抱恨于志业无成而心已衰老。艰难，指自己生活多艰，又指国家多难。苦恨，极恨。繁霜鬓，像浓霜一样的鬓发。⑧潦倒：衰颓，失意。⑨新停：刚刚停止。杜甫晚年因病戒酒，所以说"新停"。

卖炭翁①
白居易②

卖炭翁，伐薪③烧炭南山④中。满面尘灰烟火色，两鬓苍苍⑤十指黑。卖炭得钱何所营⑥？身上衣裳口中食。可怜身上衣正单，心忧炭贱愿天寒。夜来城外一尺雪,晓驾炭车辗冰辙。牛困人饥日已高,市⁷南门外泥中歇。

翩翩⁸两骑来是谁?黄衣使者白衫儿⁹。手把文书⁰¹⁰口称敕ⁱ¹,回¹²车叱¹³牛牵向北¹⁴。一车炭,千余斤,宫使驱将¹⁵惜不得¹⁶。半匹红纱一丈绫¹⁷,系¹⁸向牛头充炭直¹⁹。

(入选部编版语文教科书八年级下册)

[注释]

①选自《白居易集》卷四(中华书局1979年版)。这是诗人创作的组诗《新乐府》五十首中的第三十二首。诗人有自注云:"《卖炭翁》,苦宫市也。"唐德宗贞元末,宫中派宦官到民间市场强行低价买物,名为"宫市",实为掠夺。②白居易:772—846,字乐天,号香山居士,下邽(今陕西渭南)人。他的诗歌通俗易懂、流畅自然,著名的《新乐府》《秦中吟》等作品,反映了人民疾苦,揭露了社会黑暗,具有强烈的现实意义。另一些具有感伤色彩的叙事诗,如《长恨歌》《琵琶行》等,形象鲜明,情节连贯,语言优美,同样是脍炙人口的篇章。③薪:木柴。④南山:终南山,属秦岭山脉,在长安城南。⑤苍苍:灰白。⑥何所营:做什么用。营,谋求。⑦市:城市中划定的集中进行交易的场所。唐代长安有东、西两市,各有东、西、南、北四门。⑧翩翩:轻快的样子。⑨黄衣使者白衫儿:黄衣使者,指太监。白衫儿,指太监手下的爪牙。⑩文书:公文。⑪敕(chì)指皇帝的命令。⑫回:掉转。⑬叱(chì):吆喝。⑭牵向北:长安城宫廷在北面,集市在南面。⑮将:助词,用于动词之后。⑯惜不得:吝惜不得。⑰半匹红纱一丈绫:唐代商品交易,钱帛并用,但"半匹红纱一丈绫"远远低于一车炭的价值。⑱系:挂。⑲直:同"值",价钱。

长恨歌①
白居易

汉皇重色思倾国②,御宇③多年求不得。杨家有女初长成,养在深闺人未识。天生丽质难自弃,一朝选在君王侧④。回眸一笑百媚生,六宫粉黛无颜色⑤。春寒赐浴华清池⑥,温泉水滑洗凝脂⑦。侍儿⑧扶起娇无力,始是新承恩泽时。

云鬓花颜金步摇[9]，芙蓉帐暖度春宵。春宵苦短日高起，从此君王不早朝。
承欢侍宴无闲暇，春从春游夜专夜[10]。后宫佳丽三千人，三千宠爱在一身。
金屋[11]妆成娇侍夜，玉楼宴罢醉和春[12]。姊妹弟兄皆列土[13]，可怜[14]光彩生门户。
遂令天下父母心，不重生男重生女。
骊宫[15]高处入青云，仙乐风飘处处闻。缓歌慢舞凝丝竹[16]，尽日君王看不足[17]。
渔阳鼙鼓动地来[18]，惊破《霓裳羽衣曲》[19]。九重城阙[20]烟尘生，千乘万骑西南行[21]。
翠华摇摇[22]行复止，西出都门百余里[23]。六军不发无奈何，宛转蛾眉马前死[24]。
花钿委地无人收，翠翘金雀玉搔头[25]。君王掩面救不得，回看血泪相和流。
黄埃散漫风萧索，云栈萦纡登剑阁[26]。峨嵋山下少人行[27]，旌旗无光日色薄。
蜀江水碧蜀山青，圣主朝朝暮暮情。行宫[28]见月伤心色，夜雨闻铃肠断声[29]。
天旋日转回龙驭[30]，到此踌躇不能去。马嵬坡下泥土中，不见玉颜空死处[31]。
君臣相顾尽沾衣，东望都门信马归[32]。
归来池苑皆依旧，太液芙蓉未央柳[33]。芙蓉如面柳如眉，对此如何不泪垂？
春风桃李花开夜，秋雨梧桐叶落时。西宫南苑多秋草[34]，落叶满阶红不扫。
梨园弟子[35]白发新，椒房阿监青娥老[36]。夕殿萤飞思悄然，孤灯挑尽未成眠[37]。
迟迟钟鼓[38]初长夜，耿耿[39]星河欲曙天。鸳鸯瓦[40]冷霜华重，翡翠衾[41]寒谁与共？
悠悠生死别经年，魂魄不曾来入梦。
临邛道士鸿都客[42]，能以精诚致魂魄。为感君王辗转思，遂教方士殷勤觅。
排空驭气奔如电，升天入地求之遍。上穷碧落[43]下黄泉，两处茫茫皆不见。
忽闻海上有仙山，山在虚无缥缈间。楼阁玲珑五云[44]起，其中绰约[45]多仙子。
中有一人字太真[46]，雪肤花貌参差[47]是。金阙西厢叩玉扃[48]，转教小玉报双成[49]。
闻道汉家天子使，九华帐[50]里梦魂惊。揽衣推枕起徘徊，珠箔银屏迤逦开[51]。
云鬓半偏新睡觉，花冠不整下堂来。风吹仙袂飘飘举，犹似霓裳羽衣舞。
玉容寂寞泪阑干[52]，梨花一枝春带雨[53]。
含情凝睇[54]谢君王，一别音容两渺茫。昭阳殿[55]里恩爱绝，蓬莱宫[56]中日月长。
回头下望人寰处，不见长安见尘雾。惟将旧物[57]表深情，钿合[58]金钗寄将去。
钗留一股合一扇，钗擘黄金合分钿[59]。但令心似金钿坚，天上人间会相见。
临别殷勤重寄词[60]，词中有誓两心知[61]。七月七日长生殿[62]，夜半无人私语时。
在天愿作比翼鸟[63]，在地愿为连理枝[64]。天长地久有时尽，此恨绵绵无绝期。

（入选人教版高中语文选修教材《中国古代诗歌散文欣赏》）

[注释]

①选自朱金城《白居易集笺校》（上海古籍出版社1989年版）。这首诗写于元和元年十二月（807年1月）。当时白居易任盩厔（Zhōuzhì，今陕西周至）尉。同时，陈鸿还写了一篇《长恨歌传》。歌和传都以唐玄宗和杨贵妃的爱情故事为题材，因为是悲剧结局，故以"长恨"名篇。②汉皇重色思倾国：汉皇，汉武帝。汉武帝宠幸李夫人，这里借以指玄宗和杨贵妃之间的关系。李夫人出身倡家，入宫前，其兄李延年在武帝面前唱的歌辞中有"北方有佳人，绝世而独立。一顾倾人城，再顾倾人国"的话，这样就引起了武帝的注意，李夫人因而入宫，事见《汉书·外戚传》。倾国，倾国之美，绝代美女。③御宇：御临宇内，即统治天下的意思。④杨家有女初长成，养在深闺人未识。天生丽质难自弃，一朝选在君王侧：杨玉环本是玄宗子寿王李瑁的妃子，后被玄宗看中，度为女道士，号太真，召入宫中。这几句掩饰了这一事实。⑤六宫粉黛无颜色：由于杨玉环的天生丽质，相形之下，使宫内所有的妃嫔都黯然失色。⑥华清池：唐华清宫的温泉浴池，在骊山上。玄宗常往避寒。⑦凝脂：指白嫩而润滑的皮肤。语出《诗经·卫风·硕人》："肤如凝脂。"⑧侍儿：宫女。⑨金步摇：首饰，钗的一种。上有垂珠，行步则摇。⑩专夜：专宠。⑪金屋：《汉武故事》记载，武帝幼时，他姑母将他抱在膝上，问他要不要她的女儿阿娇作妻子。他笑着答道："若得阿娇，当以金屋贮之。"⑫醉和春：玄宗带醉入寝。⑬列土：封爵赐邑。⑭可怜：可爱，可羡。⑮骊宫：即华清宫。因为在骊山之上，故称。⑯凝丝竹：管弦之声聚而不散。⑰看不足：看不厌，看不够。⑱渔阳鼙（pí）鼓动地来：指安禄山反叛。渔阳，郡名，属范阳节度使管辖，在今天津蓟州区一带，是安禄山叛军的出发地。《旧唐书·安禄山传》："天宝十四载（755）十一月，反于范阳。"⑲霓裳羽衣曲：舞曲名。传说是玄宗游月宫，暗中记住此曲。其实是河西节度使杨敬述所献，可能经过玄宗改编。⑳九重城阙：指宫廷。㉑西南行：指玄宗入蜀避难。㉒翠华摇摇：翠华，皇帝的旌旗仪仗，上饰翠羽。摇摇，摇荡飘扬。㉓西出都门百余里：指到了马嵬驿。马嵬驿故址在兴平（今陕西兴平）西北23里，东距长安百余里。㉔六军不发无奈何，宛转娥眉马前死：这两句是说陈玄礼代表将士要求玄宗诛杀贵妃。六军，古代天子六军，这里指皇帝的侍卫军队。娥眉，美貌的女子，此指杨贵妃。㉕花钿委地无人收，翠翘金雀玉搔头：意思是花钿、翠翘、金雀、玉搔头等都掉落散了一

地，没有人捡拾。因限于诗句字数，故拆为二句。花钿，即金钿，镶嵌金花的首饰。翠翘、金雀，都是钗名。玉搔头，玉簪。㉖云栈萦纡登剑阁：指玄宗通过曲折、险要的栈道，由剑阁入川。云栈，高入云霄的栈道。萦纡，曲折环绕。㉗峨嵋山下少人行：峨嵋山，在今四川峨眉南。玄宗当时并未经过这里，此处泛指蜀中之山，渲染玄宗入蜀时的凄凉情景。㉘行宫：玄宗在蜀中的临时住处。㉙夜雨闻铃肠断声：郑处海《明皇杂录补遗》："明皇既幸蜀，西南行，初入斜谷，属霖雨涉旬，于栈道雨中闻铃音与山相应。上既悼念贵妃，采其声为《雨淋铃曲》以寄恨焉。"这句暗咏其事。㉚天旋日转回龙驭：肃宗至德二载（757）二月，郭子仪军收复长安，肃宗派太子太师韦见素迎玄宗于蜀郡。同年十二月，玄宗还京。天旋日转，谓大局改变。龙驭，皇帝的车驾。㉛空死处：空见死处。"见"字省略，意承上半句"不见玉颜"的"见"。唐玄宗自蜀回京，路过马嵬，派人以礼改葬杨贵妃。㉜信马归：意思是无心鞭马，任马前行。㉝太液芙蓉未央柳：意思是宫中风景依旧。太液，汉建章宫北的池名。未央，汉宫名。汉朝开国丞相萧何所营建。这里借"太液""未央"泛指宫廷池苑，并非实写。㉞西宫南苑多秋草：西宫，太极宫。南苑，一作"南内"，兴庆宫。兴庆宫在东内之南，故称南内。玄宗还京后，初居兴庆宫，因邻近大街，时常和外界接触，肃宗左右的人唯恐他有复辟的野心，将他迁入太极宫的甘露殿，加以变相的软禁。此句以下写的是居住西宫的情景。㉟梨园弟子：指过去玄宗在梨园里所教练出来的一批艺人。㊱椒房阿监青娥老：椒房，后妃所住的宫殿。用花椒子和泥涂壁，取其香暖兼有多子之意。阿监，宫中女官。青娥，青春的美好容颜。㊲孤灯挑尽未成眠：古代宫廷及豪门贵族，夜间燃烛，不点油灯。这里用以形容玄宗晚年生活环境的凄苦。㊳钟鼓：报更的钟鼓声。㊴耿耿：天色微明的样子。㊵鸳鸯瓦：两片嵌合在一起的瓦。简称鸳瓦。㊶翡翠衾（qīn）：即翡翠被。上面装饰有翡翠的羽毛。㊷临邛（qióng）道士鸿都客：意思是这道士是临邛人，来到京城作客。临邛，县名，今属四川邛崃。鸿都，东汉首都洛阳宫门名。㊸碧落：道家称天界为碧落。㊹五云：五色祥云。㊺绰约：美好轻盈的样子。㊻太真：杨贵妃原名玉环，被度为女道士时叫太真，住太真宫，所以这里用作仙号。㊼参差：差不多。㊽玉扃（jiōng）：玉门。扃，门户。㊾转教小玉报双成：意思是仙府重深，须经过辗转通报的手续。小玉，传说是吴王夫差的小女，殉情而死。双成，传说中西王母的侍女。这里都借指太真的侍女。㊿九华帐：花饰繁丽的帐子。⑤珠箔银屏迤逦（yǐlǐ）开：珠箔，用珍珠穿成的帘箔。银屏，镶嵌银丝花纹的屏风。迤逦，曲折绵延。⑤阑干：纵横。⑤梨花一枝春带雨：形容贵妃脸上带泪犹如一枝带雨的梨花。⑤含情凝睇（dì）：无限深情地注视着。睇，微看。⑤昭阳殿：汉代宫殿名，赵飞燕姊妹所居，这里借指贵妃生前的寝宫。⑤蓬莱宫：泛指仙境。蓬莱是神话中海外三山之一。⑤旧物：指生前和玄宗定情的信物。即下句所说"钿合金钗"。⑤钿合：镶金花的盒子。一说，用珠宝镶嵌的一种首饰，用两片合成。⑤钗留一股合一扇，钗擘（bò）黄金合分钿：将金钗和钿合分开各持一半，将来作为重见的信物。擘，用手分开。合分钿，将钿合分成两半。⑥但令：只要。⑥重寄词：贵妃在告别时重又托他捎话。⑥两心知：只有玄宗、贵妃二人心里明白。⑥长生殿：天宝元年（742）造，又名集灵台，是祭神的宫殿，在华清宫。⑥比翼鸟：据说产于南方，雌雄并飞。⑥连理枝：两株树木树干相抱，枝叶相连。

寻隐者①不遇②
贾 岛③

松下问童子④，言师采药去。
只在此山中，云深不知处。

（入选部编版语文教科书一年级下册）

[注释]

①隐者：隐士，隐居在山林中的人。古代指不肯做官而隐居在山野之间的人。一般指的是贤士。②不遇：没有遇到，没有见到。③贾岛：779—843，字阆仙，范阳（治今河北涿洲）人。贾岛出身微贱，生活清贫，还俗之后，热衷科举，他的诗虽然写得好，但不善程式（即科考之省试诗、赋、策论），又生性刚直孤傲，不谙人情世故，应试失败，就写诗发泄不满。④童子：没有成年的人，小孩。在这里是指"隐者"的弟子、学生。

琵琶行①

白居易

元和十年②,予左迁③九江郡④司马⑤。明年秋,送客湓浦口⑥,闻舟中夜弹琵琶者,听其音,铮铮然有京都声⑦。问其人,本长安倡女⑧,尝学琵琶于穆、曹二善才⑨,年长色衰,委身⑩为贾人⑪妇。遂命酒⑫,使快⑬弹数曲。曲罢悯然⑭,自叙少小时欢乐事,今漂沦⑮憔悴,转徙于江湖间。予出官⑯二年,恬然⑰自安,感斯人言,是夕始觉有迁谪⑱意。因为⑲长句⑳,歌以赠之,凡六百一十六言,命曰《琵琶行》。

浔阳江头㉑夜送客,枫叶荻㉒花秋瑟瑟㉓。主人㉔下马客在船,举酒欲饮无管弦㉕。醉不成欢惨将别,别时茫茫江浸月。
忽闻水上琵琶声,主人忘归客不发。寻声暗问㉖弹者谁,琵琶声停欲语迟㉗。移船相近邀相见,添酒回灯㉘重开宴。千呼万唤始出来,犹抱琵琶半遮面。转轴拨弦㉙三两声,未成曲调先有情。弦弦掩抑㉚声声思㉛,似诉平生不得志。低眉信手㉜续续㉝弹,说尽心中无限事。轻拢慢捻抹复挑㉞,初为《霓裳》㉟后《六幺》㊱。大弦㊲嘈嘈如急雨,小弦切切㊵如私语。嘈嘈切切错杂弹,大珠小珠落玉盘㊶。间关莺语花底滑㊷,幽咽泉流冰下难㊸。冰泉冷涩弦凝绝㊹,凝绝不通声暂歇。别有幽愁暗恨生,此时无声胜有声。银瓶乍破水浆迸,铁骑突出刀枪鸣㊺。曲终收拨当心画㊻,四弦一声㊼如裂帛。东船西舫悄无言,唯见江心秋月白。
沉吟放拨插弦中,整顿衣裳起敛容㊽。自言本是京城女,家在虾蟆陵㊾下住。十三学得琵琶成,名属教坊㊿第一部㉛。曲罢曾教善才服,妆成每被秋娘㊺妒。五陵年少㊼争缠头㊽,一曲红绡㊾不知数。钿头银篦㊿击节碎㊱,血色罗裙翻酒污㊲。今年欢笑复明年,秋月春风等闲㊳度。弟走从军阿姨死,暮去朝来颜色故㊴。门前冷落鞍马稀,老大㊵嫁作商人妇。商人重利轻别离,前月浮梁㊶买茶去。去来㊷江口守空船,绕船月明江水寒。夜深忽梦少年事,梦啼妆泪红阑干㊸。
我闻琵琶已叹息,又闻此语重唧唧㊹。同是天涯沦落人,相逢何必曾相识!我从去年辞帝京,谪居卧病浔阳城。浔阳地僻无音乐,终岁不闻丝竹声。住近湓江地低湿,黄芦苦竹绕宅生。其间旦暮闻何物?杜鹃啼血㊺猿哀鸣。春江花朝秋月夜,往往取酒还独倾㊻。岂无山歌与村笛,呕哑嘲哳㊼难为听。今夜闻君琵琶语,如听仙乐耳暂⑬明。莫辞更⑭坐弹一曲,为君翻作⑪《琵琶行》。

感我此言良久立,却坐⑫促弦⑬弦转⑭急。凄凄不似向前⑮声,满座重闻皆掩泣⑯。座中泣下谁最多?江州司马青衫⑰湿。

(入选部编版高中语文教科书必修上册)

[注释]

①选自《白居易集笺校》卷十二(上海古籍出版社1988年版)。行,古诗的一种体裁。②元和十年:公元815年。元和,唐宪宗的年号(806—820)。③左迁:贬官、降职的委婉说法。白居易因越职上书言事,触怒当朝权贵,被贬为江州司马。④九江郡:设于隋代,唐代称为江州或浔阳郡,治所在今江西九江。⑤司马:州刺史的副职。⑥湓(pén)浦口:湓江流入长江的地方,在今九江西。湓浦,又叫湓江,源出江西瑞昌清湓山。⑦京都声:指唐代京城长安流行的乐曲声调。⑧倡(chāng)女:歌女。⑨善才:当时对技艺高超的乐师的称呼。⑩委身:托身。这里是嫁人的意思。⑪贾(gǔ)人:商人。⑫命酒:叫人摆酒。⑬快:畅快。⑭悯然:忧郁的样子。⑮漂沦:漂泊流落。⑯出官:京官贬黜往地方任职。⑰恬然:宁静安适的样子。⑱迁谪:官吏因罪降职并流放。⑲为:创作。⑳长句:指七言诗。唐代的习惯说法。㉑江头:江边。㉒荻(dí):多年生草本植物,形状像芦苇,生长在水边。㉓瑟瑟:形容微风吹动的声音。㉔主人:白居易自指。㉕管弦:指音乐。管,箫、笛之类的管乐。弦,琴、瑟、琵琶之类的弦乐。㉖暗问:低声询问。㉗欲语迟:将要回答,又有些迟疑。㉘回灯:重新掌灯。一说"移灯"。㉙转轴拨弦:拧转弦轴,拨动弦丝。这里指调弦校音。㉚掩抑:声音低沉。㉛思:深长的情思。㉜信手:随手。㉝续续:连续。㉞轻拢慢捻抹(mò)复挑(tiǎo):轻轻地拢,慢慢地捻,一会儿抹,一会儿挑。拢,扣弦。捻,揉弦。抹,顺手下拨。挑,反手回拨。㉟《霓裳(cháng)》:即《霓裳羽衣曲》,唐代乐曲名,相传为唐玄宗所制。㊱《六幺(yāo)》:即《六幺令》,唐代乐曲名。㊲大弦:指琵琶四根弦中的粗弦。㊳嘈嘈:形容声音沉重舒长。㊴小弦:指琵琶上的细弦。㊵切切:形容声音轻细急促。㊶大珠小珠落玉盘:分别比喻乐声的重浊和清脆。一说,形容声音的清脆圆润。㊷间(jiàn)关莺语花底滑:像黄莺在花下啼叫一样婉转流利。间关,形容鸟鸣婉转。㊸幽咽泉流冰下难:像幽咽的泉水在冰下艰难流

过。幽咽,形容乐声梗塞不畅。难,艰难,形容乐声滞塞难通。㊹冰泉冷涩弦凝绝:像冰下的泉水又冷又涩不能畅流,弦似乎凝结不动了。这是形容弦声愈来愈低沉,以至停顿。㊺银瓶乍破水浆迸,铁骑突出刀枪鸣:像银瓶突然破裂,水浆迸射一样;　像铁骑突然冲出,刀枪齐鸣一般。这是形容琵琶声在沉咽、暂歇后,忽然又爆发出激越、雄壮的乐音。㊻曲终收拨当心画:乐曲终了,用拨子在琵琶的中间部位划过四弦。这是弹奏琵琶到一曲结束时的常用手法。拨,拨子,弹奏弦乐的用具。㊼四弦一声:四根弦同时发声。㊽敛容:显出端庄的脸色。㊾虾(há)蟆陵:地名,在长安城东南。㊿教坊:古时管理官廷音乐的官署。专管雅乐以外的音乐、舞蹈、百戏的教习、排练、演出等事务。㉛第一部:第一队,是教坊中最优秀的一队。部,量词,计量歌舞队、乐队。㉜秋娘:唐代歌伎常用的名字。这里是对善歌貌美歌伎的通称。㉝五陵年少:指京城富家豪族子弟。五陵,汉代五个皇帝(高、惠、景、武、昭)的陵墓,在长安附近,富家豪族多聚居在这一带。㉞缠头:古代对歌伎舞女打赏用的锦帛。㉟绡(xiāo):轻薄的生丝织品。泛指轻美的丝织品。㊱钿(diàn)头银篦(bì):上端镶着花钿的银质发篦。钿,用金银等制成的花形首饰。㊲击节碎:(随着音乐)打拍子时敲碎了。节,节拍。㊳翻酒污:(因为)泼翻了酒被沾污。㊴等闲:平常,随随便便。㊵颜色故:容貌衰老。故,旧、老。㊶老大:年纪大了。㊷浮梁:地名,在今江西景德镇北。㊸去来:走了以后。来,语气助词。㊹梦啼妆泪红阑干:从梦中哭醒,搽了胭脂的脸上流满了一道道红色的泪痕。妆,这里指脸上的胭脂粉。㊺唧唧:叹息。㊻杜鹃啼血:传说杜鹃鸟啼叫时,嘴里会淌出血来。这是形容杜鹃啼声的悲切。㊼独倾:独自饮酒。㊽呕哑(ōuyā)嘲哳(zhāozhā):指声音嘈杂刺耳。㊾暂:忽然,一下子。㊿更:再。㋿翻作:写作。翻,按曲调写作歌词。㋾却坐:回到(原处)坐下。却,退回。㋽促弦:把琴弦拧紧。促,紧、迫。㋼转:更加,越发。㋻向前:以前。㋺掩泣:掩面哭泣。下面"泣下"的"泣"指眼泪。㋹青衫:黑色单衣。唐代官职低的服色为黑色。

山 行
杜 牧①

远上寒山②石径斜,白云生③处有人家。
停车坐④爱枫林晚,霜叶红于二月花。

(入选部编版语文教科书三年级上册)

[注释]

①杜牧:803—852,字牧之,京兆万年(今陕西西安)人,宰相杜佑之孙。祖居长安下杜樊乡,人称"杜樊川"。唐文宗大和二年(828)中进士,为幕僚十余年,后历任黄州、池州、湖州等地刺史,官至中书舍人。②寒山:深秋时节的山。③生:生出。④坐:因为。

无 题①
李商隐②

相见时难别亦难,东风无力百花残。
春蚕到死丝③方尽,蜡炬成灰泪④始干。
晓镜但愁云鬓改⑤,夜吟应觉月光寒。
蓬山⑥此去无多路,青鸟⑦殷勤为探看。

(入选部编版语文教科书九年级上册)

[注释]

①选自《李商隐诗歌集解》(中华书局1998年版)。②李商隐:约813—约858,唐代诗人。字义山,号玉谿生。怀州河内(今河南沁阳)人。 大和三年(829),天平节度使令狐楚辟为巡官,令与诸子游。六年,随楚赴镇太原。开成二年(837),登进士第。③丝:这里与"思"字谐音。④泪:蜡烛燃烧时流下的烛油,称为"蜡泪"。⑤云鬓改:意思是青春年华消逝。云鬓,指年

轻女子的秀发。⑥蓬山：神话中海上的仙山，这里借指所思女子的住处。⑦青鸟：神话中为西王母传信的神鸟。后为信使的代称。

锦 瑟①

李商隐

锦瑟无端②五十弦③，一弦一柱思华年④。
庄生晓梦迷蝴蝶⑤，望帝⑥春心⑦托杜鹃。
沧海月明珠有泪⑧，蓝田日暖玉生烟⑨。
此情可⑩待成追忆？只是当时已惘然⑪。

（入选人教版高中语文教科书必修3）

[注释]

①选自《李商隐诗歌集解》（中华书局1998年版）。锦瑟，绘有花纹的瑟，这里是对瑟的美称。②无端：没有来由地，无缘无故地。③五十弦：传说古瑟有五十根弦，后来的瑟多为二十五根弦。④华年：青春年华，这里指一生。⑤庄生晓梦迷蝴蝶：《庄子·齐物论》中说："昔者庄周梦为胡蝶，栩栩然胡蝶也。……俄然觉，则蘧蘧（qúqú）然周也。不知周之梦为胡蝶与，胡蝶之梦为周与？"这段话意在说明一个物我混同的境界。庄生，即庄子。⑥望帝：周朝末年蜀国君主的称号，传说他死后，魂魄化为鸟，名杜鹃，啼声哀凄，暮春而鸣，伤感春去，也哀痛亡国。⑦春心：伤春之心，比喻对失去了的美好事物的怀念。⑧珠有泪：古代传说南海有鲛人，能织丝绸，哭泣时眼泪变成明珠。⑨蓝田日暖玉生烟：相传宝玉埋在地下，上空会出现烟云，阳光下见得分明。中唐诗人戴叔伦曾说："诗家之景如蓝田日暖，良玉生烟，可望而不可置于眉睫之前也。"这里化用其意，表示美好愿望终如蓝田之烟云，可望而不可即。蓝田，山名，在今陕西蓝田东南，是有名的玉石产地。⑩可：难道，哪能。⑪惘然：迷惘，茫然。

夜雨寄北①

李商隐

君问归期未有期,巴山②夜雨涨秋池。
何当③共剪西窗烛,却话④巴山夜雨时。

(入选部编版语文教科书七年级上册)

[注释]

①选自《李商隐诗歌集解》(中华书局1998年版)。寄北,当时诗人在巴蜀,妻子在长安,所以说"寄北"。②巴山:泛指川东一带的山。川东一带古属巴国。③何当:何时将要。④却话:回头说,追述。

嫦 娥①

李商隐

云母屏风②烛影深,长河③渐落晓④星沉。
嫦娥应悔偷灵药⑤,碧海⑥青天夜夜心。

(入选部编版语文教科书四年级上册)

[注释]

①嫦娥:神话传说中的月中女神。②云母屏风:镶嵌着云母石的屏风。③长河:天河,银河。④晓:拂晓。⑤灵药:传说中的不死仙药。⑥碧海:指青天。天蓝若海,故称。

卜算子·黄州定慧院寓居作①

苏 轼②

缺月挂疏桐③,漏断④人初静。谁见幽人⑤独往来,缥缈孤鸿影。　惊起却回头,有恨无人省⑥。拣尽寒枝不肯栖,寂寞沙洲⑦冷。

(入选部编版语文教科书八年级下册)

[注释]
①选自《东坡乐府笺》卷二(上海古籍出版社2009年版)。②苏轼:1037—1101,宋文学家、书画家。字子瞻,一字和仲,号东坡居士。眉州眉山(今四川眉山)人。苏洵子。少承母程氏亲授以书。十余岁,博通经史。仁宗嘉祐二年(1057)与弟苏辙中同榜进士。为主考欧阳修所赏识。卜算子,词牌名。定慧院,一作"定惠院",在黄州东南。苏轼初到黄州,一家人寓居定慧院中。③疏桐:枝叶稀疏的桐树。④漏断:指深夜。漏,指漏壶,古代计时的器具。深夜壶水渐少,很难听到滴漏声音了,所以说"漏断"。⑤幽人:幽居之人。⑥省(xǐng):知晓。⑦沙洲:江河中泥沙淤积而成的小块陆地。

本著作物经北京时代墨客文化传媒有限公司代理,由作者蒋勋授权中南博集天卷文化传媒有限公司,在中国大陆出版、发行中文简体字版本。

© 中南博集天卷文化传媒有限公司。本书版权受法律保护。未经权利人许可,任何人不得以任何方式使用本书包括正文、插图、封面、版式等任何部分内容,违者将受到法律制裁。

图书在版编目(CIP)数据

蒋勋说唐诗. 下, 从杜甫到李商隐 / 蒋勋著. --
长沙:湖南美术出版社, 2020.10
ISBN 978-7-5356-9162-0

Ⅰ. ①蒋… Ⅱ. ①蒋… Ⅲ. ①唐诗—诗歌欣赏—青少年读物 Ⅳ. ①I207.227.42-49

中国版本图书馆 CIP 数据核字(2020)第 080508 号

JIANG XUN SHUO TANGSHI.XIA, CONG DU FU DAO LI SHANGYIN

蒋勋说唐诗. 下, 从杜甫到李商隐

出 版 人:	黄　啸
出　　品:	小博集
著　　者:	蒋　勋
文字整理:	黄庭钰
协力编辑:	凌性杰
录音统筹·音乐:	梁春美
录音·混音:	白金录音室　钱家瑞
策　　划:	文赛峰
责任编辑:	王管坤
营销编辑:	付　佳　余孟玲
版权支持:	刘子一
书籍设计:	利　锐
责任校对:	林佳伟
出　　版:	湖南美术出版社
	(湖南省长沙市东二环一段 622 号)
经　　销:	新华书店
印　　刷:	北京中科印刷有限公司
开　　本:	875 mm×1270 mm　1/32
印　　张:	5.5
版　　次:	2020 年 10 月第 1 版
印　　次:	2020 年 10 月第 1 次印刷
书　　号:	ISBN 978-7-5356-9162-0
定　　价:	39.80 元

若有质量问题,请致电质量监督电话:010-59096394
团购电话:010-59320018